VIERGE
ET MARTYRE,

DRAME EN CINQ ACTES

ET SIX TABLEAUX;

Par MM. Valory et Saint-Gervais,

MUSIQUE DE M. HOSTIÉ;

Représenté pour la première fois sur le théâtre des Folies-Dramatiques,
le 27 mai 1836.

PRIX : 1 FR. 50

PARIS.

BARBA, LIBRAIRE AU PALAIS-ROYAL.

1836.

<table>
<tr><td>

Personnages.

M. DARGÈLE.
GAVARDIN, docteur en médecine.
DE MONLIEU.
GUSTAVE.
GALOIS, blanchisseur.
UN JUGE-DE-PAIX.
UN ADJOINT.
JOSEPH, domestique de M. Dargèle.
UN LAQUAIS, parlant.
CLÉMENTINE, fille de M. Dargèle.
EUGÉNIE de VAREÜIL.
Mᵐᵉ GALOIS.
MARIANNE, veuve Gervais, gouvernante.
MARIE, femme de chambre.

</td><td>

Acteurs.

MM. Auguste Z.
Emile Desforges.
St-Mar.
Georges.
Lepeintre.
Charles.
Hubert.
Alexandre.
Prosper.
Mᵐᵉˢ Charles C.
Valentine.
Delille.
Dumas.
Anastasie.

</td></tr>
</table>

Invités, Gendarmes, Blanchisseuses, Laquais, Paysans et Paysannes.

La scène se passe en 1829. — Le premier acte à Paris, chez M. Dargèle; le deuxième acte chez Galois, au village de Vaujours; le troisième acte au château de M. de Monlieu, près de ce village; le premier et le deuxième tableau du quatrième acte, chez Gavardin dans les Ardennes, et le cinquième acte dans le parc de M. de Monlieu à Vaujours.

Par autorisation du ministre, pour le chef
de la division des beaux arts,

. Le chef du bureau des théâtres,

Jules de Wailly.

VIERGE ET MARTYRE,

DRAME.

ACTE I.

Un salon chez M. Dargèle ; portes latérales, porte au fond ; à droite, une cheminée avec du feu ; devant, une table et tout ce qu'il faut pour écrire. La porte à gauche conduit à la chambre de madame Dargèle.

SCÈNE PREMIÈRE.

MARIANNE, *entrant par la gauche,* JOSEPH, *entrant par le fond.*

JOSEPH. Bonjour, madame Gervais, comment va madame Dargèle, aujourd'hui ?

MARIANNE. Un peu mieux, M. Joseph ; cette nuit que j'ai passée à son chevet, a été moins mauvaise que les précédentes ; madame a dormi quelques heures, et ce matin elle s'est trouvé assez de forces pour se lever...

JOSEPH. Ah! tant mieux! tant mieux! madame Gervais.

MARIANNE. C'était une imprudence... je le lui ai dit ; mais elle n'a pas voulu m'écouter... et il a fallu lui donner des plumes et du papier ; en ce moment elle écrit.

JOSEPH. Veillez bien sur notre bonne maîtresse, madame Gervais... si nous la perdions, ce serait un deuil général dans la maison ; nous l'aimons tant !.. ce n'est pas comme son mari, oh! lui, tout le monde le déteste...

MARIANNE. Il est si avare, si dur envers tout le monde, et surtout envers sa femme et sa fille !.. dans ce moment même, il refuse à madame la consolation d'avoir son enfant auprès d'elle, et mademoiselle Clémentine ignore encore que sa mère est malade, à moins, cependant, qu'elle n'ait été instruite par le docteur Gavardin, le médecin de son pensionnat...

JOSEPH. M. Gavardin ? il me fait l'effet d'être le digne ami de M. Dargèle... Ah! ça, mais, il y a long-temps que nous n'avons vu ici sa figure en-dessous.

N.B. Les acteurs sont placés en scène, comme leurs noms sont indiqués ; le premier inscrit tient la gauche du spectateur, ainsi de suite ; quand il arrive un changement de scène, il est indiqué au bas de la page.

MARIANNE. Il est, je crois, un peu brouillé avec M. Dargèle, depuis qu'on lui a refusé la main de mademoiselle Clémentine; car ce n'est pas lui qu'on a appelé pour soigner madame... à propos, j'oubliais que la pauvre malade, m'a dit d'aller encore une fois supplier M. Dargèle d'envoyer chercher sa fille; mais je crains bien que cette démarche ne soit inutile, comme les autres.

JOSEPH. Une idée, madame Gervais; vous ne savez pas, je vais courir au pensionnat de mademoiselle Clémentine, et je la ramènerai ici sans attendre l'ordre de monsieur; ça fait que madame pourra embrasser sa fille... notre maître sera furieux; il me renverra, peut-être, mais, ça m'est égal; j'aurai fait plaisir à notre bonne maîtresse, et ça me consolera de la perte de ma place; mais je l'aperçois, je me sauve.

Il sort en courant par le fond.

SCÈNE II.

MARIANNE, DARGÈLE, entrant par la droite.

DARGÈLE. Marianne, je me rendais auprès de votre maîtresse; comment se trouve-t-elle, ce matin?

MARIANNE. Monsieur, l'état de madame semble s'améliorer.

DARGÈLE, avec une joie feinte. Allez voir si je puis me présenter chez elle.

MARIANNE. Oui, monsieur.

Elle sort par la gauche.

SCÈNE III.

DARGÈLE, UN DOMESTIQUE, entrant par le fond, puis GAVARDIN.

LE DOMESTIQUE, annonçant. M. le docteur Gavardin.

DARGÈLE. Faites entrer. (Gavardin paraît par le fond, le domestique reste au fond.) Je vous attendais, docteur.

GAVARDIN, après avoir salué. Je vous en remercie, monsieur.

DARGÈLE. Vous avez désiré m'entretenir, veuillez me faire connaître le but de notre conférence.

GAVARDIN. Puisque vous le permettez...

DARGÈLE, au domestique. Des sièges.

Le domestique donne des sièges et sort.

SCÈNE IV.

DARGÈLE, GAVARDIN. (*ils s'asseyent.*)

GAVARDIN. Je vais, monsieur Dargèle, vous dire toute ma pensée. D'abord, je vous avouerai franchement qu'il m'a été fort sensible, dans la maladie de madame Dargèle, de voir votre choix se porter sur un autre médecin que moi, dévoué comme je le suis à votre famille, je me serais fait un religieux devoir de lui prodiguer, jour et nuit, mes soins assidus...

DARGÈLE. L'invasion du mal a été si subite, les progrès en ont été si rapides, que je me suis vu forcé d'appeler le docteur le plus voisin, qui d'ailleurs avait ma confiance, avant que je n'eusse l'honneur de vous connaître.

GAVARDIN. Je vous sais gré de cette explication. Une grâce encore monsieur; faites-moi connaître, je vous prie, ce qui m'a valu le brusque échec qui renversa toutes mes pensées d'alliance avec votre famille; votre lettre de refus ne me le disait pas.

DARGÈLE. Des projets conçus d'avance, et trop avancés pour être rompus... d'autres vues pour ma fille...

GAVARDIN. Cependant, en père inquiet de l'avenir de son enfant, vous avez pris des renseignemens sur mon compte... je le sais... m'ont-ils été défavorables?.. parlez, je vous en prie...

DARGÈLE. Que me demandez-vous?

GAVARDIN. Une explication précise et entière... n'ai-je pas le droit de l'exiger de votre franchise, de votre justice même... car si l'on m'accuse, vous devez m'ouvrir une voie pour la défense...

DARGÈLE. Votre défense?.. ah! docteur, elle est inutile; vous, membre de plusieurs sociétés charitables, médecin de l'arrondissement et des hospices, n'êtes-vous pas au-dessus des propos perfides de la malveillance et de la calomnie?.. et quand même vos ennemis auraient cherché, devant moi, à vous atteindre de leur haine, en vous prêtant des vues et même des crimes imaginaires... croyez-vous que j'aurais ajouté foi à de pareils récits?.. oh! non, je les aurais repoussés avec mépris.

GAVARDIN, *se levant ainsi que Dargèle.* Et vous auriez rempli le mandat d'un honnête homme; qui peut, hélas! se flatter dans le monde d'être à l'abri de la calomnie?.. et vous-même, monsieur Dargèle, croyez-vous donc qu'il ne se soit pas trouvé une bouche pour interpréter criminellement vos actes les plus honorables?..

DARGÈLE. Que peut-on dire sur mon compte?.. mon existence est là pour répondre à mes ennemis.

GAVARDIN. Je le crois; cependant, écoutez ce que me racontait ces jours derniers un homme qui fut long-tems votre confident et votre ami... c'est un secret, m'a-t-il dit, qui n'est connu que de trois personnes, de lui, de vous et de votre femme.

DARGÈLE. Je vous écoute, docteur.

GAVARDIN. Il y a de cela, dix-huit ans; nous étions, me disait-il, en 1812; une jeune personne, d'une famille riche et considérée, brillait dans la société parisienne, par les charmes de sa figure et de son esprit; parmi ses nombreux adorateurs, Sophie, c'était son nom, distingua un jeune officier de cavalerie; la passion la plus vive et la plus exaltée embrâsa ces deux cœurs, et Sophie ne tarda pas à porter dans son sein le gage de sa faute et de son amour... Alfred de Monlieu jura de l'épouser; mais, au moment de demander sa main, il fut forcé de partir pour l'armée, et peu de tems après, l'on apprit qu'il avait été fait prisonnier en Russie, et envoyé au fond de la Sibérie... Dans ces entrefaites, un des prétendans à la main de Sophie, auquel elle avait préféré le jeune de Monlieu, et qui en avait gardé un profond ressentiment, la demanda de nouveau en mariage... cette fois il fut accepté; cependant incapable de tromper l'homme qui recherchait sa main, elle lui dévoila son secret tout entier; celui-ci persista dans son projet d'alliance... Sophie eût un époux et son enfant un père. Cet époux, ce père, ce fut vous, monsieur Dargèle.

DARGÈLE, *à part.* Il sait tout. (*Haut.*) Quand cela serait vrai, y a-t-il rien qui puisse porter atteinte à mon honneur.

GAVARDIN. Attendez, ce n'est pas tout... Aussitôt que le mariage fut consommé, c'est toujours votre ami qui parle; aussitôt que Sophie fut devenue mère, alors éclatèrent les sentimens de vengeance qui avaient guidé M. Dargèle dans l'accomplissement de cette union... dès ce moment, plus de repos à la pauvre Sophie; des humiliations perpétuelles, une torture continuelle, et à sa fille, les privations, les mauvais traitemens, tout ce qui peut enfin altérer et détruire la santé.

DARGÈLE, *vivement.* Assez, assez, monsieur; ah! l'on a dit cela! (*Affectant de la douceur.*) Mais je serais donc un monstre!

GAVARDIN. Oui, si j'en croyais les propos d'un méchant; mais je n'y ajoute aucune foi; comme moi, vous êtes innocent de ce dont on vous accuse... tous deux nous sommes gens d'honneur, n'est-ce pas?.. et j'espère encore que vous ne m'aurez pas refusé, sans appel, la main de votre fille.

SCÈNE V.

MARIANNE, DARGÉLE, GAVARDIN.

MARIANNE, *sortant de la chambre de madame Dargèle.* Monsieur, madame vous attend....

DARGÈLE. Mon cher docteur, pardon si je vous laisse...

GAVARDIN. Permettez que je vous suive, mon ami, je connais toute l'habileté du médecin qui soigne madame Dargèle ; cependant si je pouvais être assez heureux pour aider d'un conseil, et découvrir le premier quelques symptômes heureux....

DARGÈLE. Puisque vous êtes si bon...

Il fait passer Gavardin devant lui et le suit
chez sa femme.

SCENE VI.

MARIANNE, *tirant une lettre de sa poche.*

Je comprends maintenant pourquoi la pauvre malade insistait tant pour se lever et pour écrire...elle voulait assurer, après sa mort, un protecteur à sa fille... elle est faite cette lettre... la voilà, madame me l'a donnée bien secrètement... remets-la fidèlement à son adresse, m'a-t-elle dit ; elle seule peut assurer à ma Clémentine, l'appui dont elle aura tant besoin quand je ne serai plus... Oh ! soyez tranquille, ma bonne maîtresse... vous avez bien placé votre confiance... il s'agit du bonheur de mademoiselle ; mais je l'aime aussi, moi... n'est-elle pas aussi mon enfant, ne l'ai-je pas portée dans mes bras?.. ne suis-je pas sa nourrice?.. ô mon Dieu ! si vous rappelez à vous la mère de Clémentine, permettez que l'orpheline puisse être consolée par ma tendresse et mon dévoûment. Mais Joseph ne la ramène pas de la pension... voici ces messieurs ; leur visite n'a pas été longue...

SCENE VII.

DARGÈLE, GAVARDIN, MARIANNE.

GAVARDIN. Je vous le répète, mon ami, vous pouvez encore espérer.

MARIANNE, *à part, avec joie.* Qu'entends-je ?

GAVARDIN. La maladie est grave, sans doute ; le mal est grand mais la catastrophe n'est pas imminente...

MARIANNE, *à Gavardin.* Ah ! monsieur, sauvez ma bonne maîtresse, vous aurez notre bénédiction et celles de tant de pauvres familles dont elle était l'appui et la consolation.

SCENE VIII.

Les Mêmes, Un Domestique.

LE DOMESTIQUE. Une lettre pour monsieur le docteur Gavardin.

GAVARDIN. Donnez. (*Le domestique sort.—Après avoir lu.*) C'est le magistrat du quartier qui m'invite à aller constater un décès dans le voisinage... je vous laisse, mon ami; dans un instant je reviendrai, pour écrire l'ordonnance que je crois devoir prescrire au malade.

DARGÈLE. Je vous attends, docteur...

Gavardin sort.

SCENE IX.

DARGÈLE, MARIANNE.

DARGÈLE, *à part.* Madame Dargèle vient d'écrire... j'en suis sûr... c'est à Alfred de Monlieu, sans doute... serait-il de retour en France?.. n'importe, cette lettre n'arrivera pas à son adresse...il faut qu'elle me la livre...je le veux... Marianne, je rentre chez votre maîtresse... restez ici, et veillez à ce que personne ne vienne nous interrompre...

Il entre dans la chambre de sa femme.

SCENE X.

MARIANNE, *seule, le regardant entrer.* Quel air sombre!.. encore, sans doute, quelque scène d'emportement...

CLÉMENTINE, *en dehors.* Maman, maman!.. me voilà! me voilà!..

MARIANNE. C'est mademoiselle!..

SCENE XI.

MARIANNE, CLÉMENTINE.

CLÉMENTINE, *entrant par le fond et se jetant dans les bras de Marianne.* Ma bonne nourrice!..

MARIANNE. chère enfant!..

CLÉMENTINE. Maman! maman!.. conduis-moi près de maman.

MARIANNE. Tout à l'heure, mademoiselle...

CLÉMENTINE. Tout à l'heure, dis-tu?.. comment! tu veux que j'attende, quand elle souffre, quand elle me désire et m'appelle... oh! non, non... tout de suite... je veux la voir... je veux l'embrasser...

MARIANNE. Votre père est en ce moment dans sa chambre, et il m'a ordonné de ne laisser entrer personne.

CLÉMENTINE. Mais cet ordre ne peut regarder sa fille... au

contraire, il sera heureux de me voir joindre mes caresses aux siennes...

MARIANNE, *à part.* Les caresses de son père!..

CLÉMENTINE. Je veux entrer... (*Tendrement.*) Laisse-moi entrer, dis... veux-tu?..

MARIANNE. Attendez un instant, je vous en prie...

CLÉMENTINE. O mon Dieu! mon Dieu!.. l'on m'empêche d'aller embrasser maman qui est malade, qui se meurt peut-être... ciel!.. elle est morte! voilà pourquoi l'on me défend d'entrer...

MARIANNE. Oh! non, non, rassurez-vous...elle existe...vous allez la voir...l'embrasser... (*La porte s'ouvre.*) Tenez, voici votre père...

SCÈNE XII.

DARGÈLE, CLÉMENTINE, MARIANNE.

DARGÈLE, *à part, en entrant.* Qu'ai-je fait?..

CLÉMENTINE, *allant à son père.* Bonjour, mon père... comment va maman?..

DARGÈLE. Votre mère? elle repose... je l'ai trouvée endormie, et je n'ai pas voulu troubler son sommeil...

CLÉMENTINE. Je vais donc la voir enfin...

Elle fait un pas vers la chambre.

DARGÈLE. Qu'allez-vous faire?..

CLÉMENTINE. Oh! ne craignez rien... comme vous, je marcherai doucement... je respecterai son sommeil, et je l'embrasserai sans qu'elle s'en aperçoive... je pourrai regarder ses traits chéris, respirer l'air qu'elle respire...vous le permettez, n'est-ce pas?..

DARGÈLE. Entrez donc, puisque vous le voulez... (*Clémentine entre dans la chambre de sa mère.*) Marianne, j'ai une commission à vous donner...

SCÈNE XIII.

MARIANNE, DARGÈLE.

DARGÈLE, *écrivant à la table à droite.* Pour éloigner tout soupçon, prévenons moi-même l'autorité de la mort de madame Dargèle. (*Il cachète la lettre et la remet à Marianne.*) Cette lettre au commissaire de police.

MARIANNE, *à part.* Au commissaire de police!.. que signifie?..

DARGÈLE. Allez...

Marianne sort par le fond. — On entend un cri
déchirant de Clémentine.

SCÈNE XIV.

CLÉMENTINE, DARGÈLE.

Clémentine, au comble de la douleur, se jetant dans les bras de Dargèle.

CLÉMENTINE. Morte!.. morte!.. mon père... mon père. . ah !
mon Dieu !.. (*La voix entrecoupée par les sanglots.*) J'étais entrée... bien doucement... je craignais tant d'éveiller maman...
J'écoute, pour surprendre au moins un soupir...rien... je n'entends rien... je prends sa main... elle est froide... je porte la
mienne sur son cœur... il ne bat plus... plus... sur ses lèvres
les miennes se posent... la glace de la mort... maman est morte!.. maman est morte...

Épuisée, elle tombe évanouie.

SCENE XV.

MARIANNE, Domestiques, *entrant par le fond; ensuite* GAVARDIN.

DARGÈLE, *affectant de l'intérêt pour sa fille.* Du secours ! du
secours !..

MARIANNE, *allant à elle.* Grand Dieu ! mademoiselle!..

GAVARDIN, *paraissant.* Qu'est-ce donc ?.. *

DARGÈLE. Un évanouissement, causé par la perte cruelle que
nous venons de faire; madame Dargèle est morte.

GAVARDIN, *s'approche de Clémentine à qui l'on fait respirer des
sels.* Elle revient à elle... ses yeux se rouvrent...

DARGÈLE, *allant à elle, et avec un intérêt simulé.* Ma fille !..ma
chère Clémentine!..

CLÉMENTINE, *se levant, porte ses regards de tous côtés et les arrête sur la porte de la chambre où est sa mère.* Maman !.. maman !..
Je veux la voir encore .. je veux mourir avec elle...

Marianne la retenant.

DARGÈLE. Conduisez-la dans sa chambre.

MARIANNE. Venez, mademoiselle...

CLÉMENTINE. Laissez-moi... laissez-moi...

DARGÈLE. Emmenez-la...

MARIANNE. De grâce, mademoiselle...

Des domestiques s'approchent et la prennent
par les bras.

CLÉMENTINE, *se débattant.* Je ne veux pas... je ne veux pas...

On l'entraîne par le fond à droite.

* Marianne, Clémentine, Gavardin, Dargèle.

SCENE XVI.

GAVARDIN, DARGÈLE.

Dargèle est tombé sur une chaise et se couvre les yeux.

GAVARDIN, *à part.* Une mort si prompte ne saurait être naturelle... (*à Dargèle.*) Mon ami, je sens qu'il n'y a point de paroles consolantes pour une affliction aussi profonde que la vôtre. . et si cet instant est horrible pour vous, pour moi il est aussi bien pénible ; car, mon ami, il me reste un devoir à remplir...

DARGÈLE, *se levant.* Un devoir! docteur, et lequel ?

GAVARDIN. Le magistrat que vous avez prévenu de votre perte douloureuse, m'a délégué pour en constater l'évènement, et je dois à l'instant même en dresser le procès-verbal suivant la loi... Permettez que j'entre dans la chambre où repose la meilleure des femmes.

DARGÈLE, *s'oubliant.* Je vous accompagne...

GAVARDIN. Oh! non, mon ami, non, restez... Vous ne pourriez supporter un aussi triste spectacle... Du courage, mon ami, du courage. (*Il entre dans la chambre à gauche.*)

SCENE XVII.

DARGÈLE *seul.*

Oh ! je ne pensais pas que ce serait lui qu'on chargerait de cette formalité. Je l'ai blessé au cœur en lui refusant ma fille ; il se vengerait avec joie !.. Aurait-il des soupçons ?.. A travers ses paroles d'amitié, perçait, il me semble, un ton d'ironie menaçante. (*La porte de gauche s'ouvre.*) Le voici !.. déjà !

SCENE XVIII.

GAVARDIN, DARGÈLE.

GAVARDIN, *à part, en entrant.* Il l'a tuée !...
DARGÈLE, *timidement.* Eh bien, docteur ?
GAVARDIN. Monsieur, je vais faire mon rapport. (*Il passe à la table à droite et écrit.*) *

DARGÈLE. *à part.* Son regard me fait frémir. Je respire à peine. (*Gavardin sourit amèrement.*) Il semble manifester une joie cruelle en écrivant... (*Il s'appuie sur un fauteuil.*) Mes genoux se dérobent sous moi... (*Gavardin regarde Dargèle.*) Comme il me regarde !.. (*S'essuyant la figure.*) Une sueur froide

* Dargèle, Gavardin.

inonde mon visage... Que je souffre !... (*Gavardin regarde Dar-gèle.*) On dirait qu'il jouit de mes tortures... Enfin le voilà qui termine... C'est mon arrêt de vie ou de mort qu'il vient de signer.

GAVARDIN, *se levant et allant à Dargèle.* Voici le procès-verbal... lisez, Monsieur.

DARGÈLE, *rassemblant son courage avec effort.* Que vois-je ?... Quoi ! Monsieur... vous déclarez que madame Dargèle a succombé à une mort violente?

GAVARDIN. Telle est mon intime conviction. Depuis que nous sommes sortis ensemble de cette chambre, vous seul y êtes entré... je le sais... Marianne me l'a dit.

SCENE XIX.

DARGÈLE, GAVARDIN, MARIANNE, *paraissant à la porte de droite.*

MARIANNE, *à part en se cachant.* On a prononcé mon nom!

GAVARDIN. Répondez-moi donc, si vous étiez à ma place, et qu'on vous imposât l'obligation de désigner le coupable, quel nom prononceriez-vous ?..

DARGÈLE. Quoi, Monsieur, vous penseriez.....

GAVARDIN. Que c'est vous qui, volontairement ou involontairement, avez donné la mort à votre femme...

DARGÈLE. Et, dans cette croyance, votre intention...

GAVARDIN. Est de faire mon devoir.

DARGÈLE, *d'un ton suppliant.* Ainsi, vous voulez perdre celui que vous appeliez votre ami.

GAVARDIN. Oui, si cet ami ne sait pas me contraindre au silence en m'associant à la famille du coupable, en me donnant la main de Clémentine.

DARGÈLE. Ah ! docteur, soyez satisfait... la main de ma fille est à vous.

GAVARDIN, *s'asseyant à la table et écrivant.* Alors je fais un amendement à ma première déclaration, et, dans ce nouveau rapport, je certifie que la mort de madame Dargèle est l'effet d'une syncope naturelle à laquelle on devait s'attendre, et qui, suivant les probabilités, aurait dû arriver beaucoup plus tôt.... (*Montrant un nouveau procès-verbal.*) Voyez !

DARGÈLE, *après avoir lu.* Je suis sauvé.

MARIANNE, *à part.* Les misérables !

SCENE XX.

Les Mêmes, LE MAGISTRAT, UN GREFFIER.

GAVARDIN. Le magistrat !.. il était temps.

> Il se lève brusquement.

LE MAGISTRAT. Docteur, votre rapport est-il prêt ?

GAVARDIN. Le voici, Monsieur.

> Il le lui remet et passe à côté de Dargèle. * —
> Pendant que Dargèle et Gavardin ont les
> yeux fixés sur le magistrat, et que celui-ci a
> descendu la scène, ceux de Marianne se sont
> portés sur le premier rapport que Gavardin
> a laissé sur la table.

MARIANNE, *descendant la scène et se trouvant masquée par le magistrat qui est entre elle et les deux autres personnages.* Si je pouvais m'emparer... (*Le prenant sur la table.*) Je le tiens.

> Gavardin tourne la tête du côté de Marianne ;
> celle-ci aussitôt cache le papier vivement
> dans sa poche.

LE MAGISTRAT , *après avoir lu.* C'est bien. (*A Dargèle.*) Maintenant , Monsieur, la loi veut que nous apposions les scellés au domicile de la défunte.

DARGÈLE, *à Marianne.* Donnez une lumière. (*Marianne prend un papier blanc sur la table, y met le feu à la flamme du foyer, et allume une bougie ; puis elle rejette le papier dans la cheminée. — Bas à Gavardin.*) Et votre premier rapport qui est resté sur la table...

GAVARDIN. Il faut l'anéantir.

> Il traverse la scène et cherche sur la table parmi
> les papiers.

MARIANNE. Que cherchez-vous donc, Monsieur ?

GAVARDIN. Un papier qui était sur cette table.

MARIANNE. Ah ! mon Dieu ! par distraction je l'ai pris.

GAVARDIN, *avec effroi.* Comment pris ?

MARIANNE. Oui, Monsieur, pour allumer ce flambeau. (*Elle lui montre le papier qui brûle encore au foyer.*) J'ai peut-être mal fait ?...

GAVARDIN. Non, non, ma bonne, il n'avait aucune importance.** (*Repassant auprès de Dargèle et lui parlant bas.*) Nous pouvons être tranquilles ; la flamme l'a consumé.

MARIANNE, *à part.* Marianne le garde aussi précieusement que la lettre confiée à ma fidélité.

LE MAGISTRAT. Allons, Messieurs, procédons aux formalités légales.

* Dargèle, Gavardin, le Magistrat, son adjoint, Marianne.
** Dargèle, Gavardin, le Magistrat, Marianne.

GAVARDIN, *bas à Dargèle.* Êtes-vous content, Dargèle?

DARGÈLE, *lui serrant la main.* Oui, Gavardin, et à votre tour, vous serez satisfait.

Le magistrat s'apprête à entrer dans la chambre de la défunte pour aller mettre les scellés.

FIN DU PREMIER ACTE.

ACTE II.

Une cour de blanchisseur. A droite, l'entrée de la maison; au-dessus, une croisée pratiquée; à gauche, l'entrée du séchoir; au fond, une haie; au milieu, la porte d'entrée; plus loin, la campagne.

SCÈNE PREMIERE.

GALOIS, MAD. GALOIS, Blanchisseuses.

GALOIS. Ah! ça, maintenant que vous avez dîné, vous autres... à la b'sogne!.. et surtout avec le linge qu'on se serve plus d' la brosse que du savon.

TOUTES. Oui, not' bourgeois.

GALOIS. J' sais ben que l' chien échigne un peu l' calicot et la toile d' la pratique... mais ça économise le savon... et l' savon c'est moi qui l' paye... allons, en route... au lavoir.

Toutes les blanchisseuses sortent.

SCENE II.

GALOIS, MAD. GALOIS.

GALOIS. Ah! ça, c'te p'tite Clémentine n'est donc pas encore rev' nue de chez M. de Monlieu... v'là plus de deux heures qu'elle est partie...

MAD. GALOIS. Dam! c'est qu'il y a une bonne trotte d'ici au château d' Vaujours... sans doute qu'on l'aura r' tenue, qu'on l'aura fait jaser... c'est qu'elle jase ben, la p'tite.

GALOIS. Pardine! la conversation n'était pas si longue à faire elle n'avait qu'à dire : M' sieur de Monlieu, comme vous v'nez d'ach'ter ce château et qu' nous avions la pratique de ceux qui l'habitaient avant vous... j' viens d' la part de mon bourgeois, vous prier d' nous la continuer : il n' faut pas tant d' phrases ni d' tems pour dire ça...

MAD. GALOIS. Mais tu sais, Galois, que quand on voit la p'tite mine intéressante de notre apprentisse, on a tout d' suite envie d' la faire jaser... on veut savoir comment une fille qu'a si bonne façon, qui parle si gentiment et qui a des p'tites mains si blanches, s' trouve blanchisseuse au village d'Vaujours...

GALOIS. Et la futée a ben soin de n' pas répondre qu' c'est M. Dargèle qui l'a mise chez nous pour la punir de sa désobéissance... elle n' dira pas, j'en suis sûr, qu'elle s'ostine à r'fuser un parti superbe... que son père veut lui faire épouser...

MAD. GALOIS. Dam ! c'te p'tite... si elle ne l'aime pas, c'monsieur Gavardin.

GALOIS. Belle raison..! voyez-vous, mame Galois, le mariage sans amour, c'est absolument comme le pain d' munition au régiment ; d'abord ça vous paraît dur à avaler, et puis on s'y fait, on y prend goût... il y a même un moment où ça paraît presque tendre, on dirait du gâteau de Nanterre... il n'y a que la première bouchée qui coûte...

MAD. GALOIS. C'est donc pour ça que, dans les commencemens, je ne pouvais pas vous avaler.

GALOIS. Je vois que tu ne me mâches pas... les complimens; mais les raisons du père et de l'enfant ne nous regardent pas... M. Dargèle, not' propriétaire, à qui j' dois trois termes, m'a recommandé de faire travailler sa fille... et puisque ça lui fait plaisir, je lui en donnerai d' la besogne... je t'en réponds ; j'aime mieux ça, que d'avoir congé, je suis locataire avant d'être sensible.

MAD. GALOIS. C'pendant faut pas la tuer, c'te pauvre enfant... sa santé n'est pas déjà si robuste.

GALOIS. Eh ben ! qu'elle obéisse... je n' connais qu' ça... les enfans doivent obéissance à leurs parens, comme les femm's à leur maris.

MAD. GALOIS. Pour les enfans, possible, je n' dis pas ; mais en ce qui regarde les femmes, c'est un article du code qui est bon à lire aux jobardes et aux poltronnes, comme des vieux contes de revenans.... on n'y croit plus, mon vieux... fini c' tems-là...

GALOIS. Enfin la v'là mademoiselle Mijaurée.

SCENE III.

MAD. GALOIS, GALOIS, CLÉMENTINE, *en costume de paysanne.*

GALOIS. Arrivez donc, la belle... vous avez été bien longtems.

CLÉMENTINE. Il n'y a pas de ma faute, je vous l'assure... c'est M. de Monlieu qui m'a retenue.

MAD. GALOIS. Là... qu'est-c' que j' te disais...

CLÉMENTINE. Ma présence a produit sur lui un effet singulier... Il paraît qu'il a connu maman, car il s'est écrié, en me regardant : Quelle ressemblance incroyable avec Sophie!.. et Sophie, c'était le nom de baptême de ma pauvre mère... alors M. de Monlieu, m'a dit de m'asseoir et il m'a fait mille questions... ses paroles étaient si douces et si bienveillantes, il s'informait avec tant d'intérêt de ma position, que la vérité a été sur le point de m'échapper... mais la crainte de nuire à la réputation de mon père, m'a imposé silence et a retenu la plainte au fond de mon cœur... j'ai dit que j'étais une pauvre orpheline, dont vous preniez soin par charité...

MAD. GALOIS. Pauvre enfant !

GALOIS. Enfin, vous a-t-il promis sa pratique ?

CLÉMENCE. Oui, monsieur, il m'a même recommandé de venir demain matin à la lingerie ; il a même donné des ordres à ce sujet. Que faut-il que je fasse à présent ?

GALOIS, *qui a été couper un morceau de pain dans la maison.* T'nez, v'là vot' dîner, suivant l'ordonnance de votre papa... dépêchez-vous de l' manger ; ensuite, vous irez à la rivière... J' vas préparer votre tâche de c't après-midi.

Il va au séchoir. *

MAD. GALOIS, *tirant une poire de son tablier, et la lui donnant.* Prenez, mon enfant, je n' veux pas que vous mangiez du pain sec.

CLÉMENTINE. Merci, madame.

GALOIS, *se retournant.* Eh ben ! viens-tu ?

MAD. GALOIS. Me v'là...

Ils entrent tous deux au séchoir.

SCENE IV.

CLÉMENTINE, *seule.*

Clémentine Dargèle, réduite à cette dure condition !.. obligée pour vivre, d'accepter une grossière nourriture, qu'ou semble lui accorder à regret... ô ma mère ! ma mère ! du haut des cieux où tes souffrances ont marqué ta place, jette sur ta fille un regard qui l'encourage à supporter ses maux. Ah ! tu ne sais pas tout ce qu'il m'a fallu endurer de tortures... Il faut que je te le dise.... A ton lit de mort, mon père m'avait promis sa haine, et il a bien fidèlement tenu parole, il m'a arrachée à

---

* Galois, Mad. Galois, Clémentine.

mes études, à mes compagnes...mes larmes ont excité sa colère ou son rire, et parce que j'ai rejeté, comme je le devais, un mariage infâme dont il voulait me flétrir... il m'a donné à un homme bien grossier, bien dur, en me disant : voilà votre nouvel instituteur, voilà celui à qui je remets mon autorité... et maintenant, je suis servante, esclave; ah ! je suis bien malheureuse... maman, veille sur ta pauvre Clémentine... sans toi, je n'aurais pas la force de souffrir, car personne ne vient jamais me consoler ni me plaindre.

Elle va s'asseoir sur une chaise à droite.

SCÈNE V.

MARIANNE, CLÉMENTINE.

MARIANNE, *paraissant au fond et regardant à droite et à gauche.* Ah ! la voici...l'on ne peut me voir...approchons...(*Appelant à mi-voix.*) Mademoiselle ! mademoiselle !..

CLÉMENTINE, *se retournant et avec joie.* Marianne ! ma bonne Marianne...

MARIANNE. Etes-vous seule ?..

CLÉMENTINE. Oui, viens, viens que je t'embrasse.

Elle se lève et court embrasser Marianne.

MARIANNE, *l'embrassant.* Chère enfant !..

CLÉMENTINE. Que je suis contente !.. il y a si long-temps que je ne t'ai vue.

MARIANNE. Hélas ! ce n'est pas ma faute... vous savez que M. Dargèle m'a défendu de venir au village de Vaujours... mais, j'ai profité d'une absence qu'il a faite avec M. Gavardin, et je me suis bien vite rendue près de vous... il me chasserait s'il en était instruit... et je tiens à rester à son service, pour vous, mon enfant... pour vous seule... je l'ai juré à ma pauvre maîtresse.

CLÉMENTINE. Que deviendrais-je sans toi, ma bonne nourrice, ma seconde mère ?..

MARIANNE. O mon Dieu, est-ce bien vous que je vois sous ces habits? Vous, à qui une éducation élevée, une fortune brillante avaient préparé un si beau rang dans le monde... Les cruels, comme ils vous punissent, comme ils se vengent lâchement!

CLÉMENTINE. Ils espèrent triompher de ma résistance à force de mauvais traitemens... ils n'y parviendront pas!.. qu'ils me tuent, s'ils le veulent; mais me contraindre à épouser un Gavardin... jamais!.. jamais!.. ne m'as-tu pas dévoilé le forfait qui lie mes bourreaux...Ne sais-je pas qu'on veut que ma main soit le prix d'une horrible transaction... ô mon Dieu ! ma mère a été

assassinée par celui que je n'ose appeler mon père ! il veut me
livrer en échange de l'impunité de son crime, et je lui obéirais !..
oh ! non, non, je saurai souffrir, va... j'aurai du courage.

MARIANNE. Hélas ! j'aurais dû peut-être me taire... ensevelir
dans l'oubli cet horrible secret, mais je n'ai pu vous voir si
innocente, si pure, devenir la proie de cet infâme.

CLÉMENTINE. Oh ! déjà mon cœur m'avait avertie et mise en
défiance contre lui... même, avant ta révélation, la présence de
cet homme me causait une horreur que je ne pouvais surmon-
ter... et, te le dirais-je ? mon père lui-même... Dieu sait com-
bien j'ai combattu cette pensée ! mon père fut deshérité par
mon cœur d'affection et d'estime, et quand je me reprochais
cet éloignement que j'éprouvais pour lui, une voix secrète ve-
nait comme m'excuser et me dire, que l'homme qui me pour-
suivait d'une haine si injuste, ne pouvait être mon père.

MARIANNE. C'est pourtant lui, lui seul qui est désormais l'ar-
bitre de votre destinée... vous n'avez plus personne au monde
pour vous protéger.

CLÉMENTINE. Et toi, ma bonne Marianne...

MARIANNE. Oui, mon enfant, je vous reste...je vous suis dévouée, je vous suis dévouée, corps et ame ; mais, hélas ! pauvre
femme, que puis-je faire ? pleurer et prier, voilà tout... votre
mère, en mourant, avait cru vous laisser un protecteur ; Dieu ne
l'a pas voulu... j'ai toujours entre les mains une lettre qu'elle
m'avait fait jurer de remettre fidèlement à une personne, dont
elle pouvait invoquer l'appui et qui aurait pris votre défense...
la voici cette lettre, dans ce petit portefeuille... elle ne me
quitte jamais... j'ai pris des informations, j'ai fait mille démarches, et à force de recherches, j'ai fini par découvrir que la
personne à qui elle était adressée, avait quitté la France depuis
bien long-temps... vous le voyez, ma bonne maîtresse, il ne
m'a pas été permis d'accomplir le serment que je vous fis à votre lit de mort...

CLÉMENTINE, *prenant la lettre.* Donne, ma bonne, que je
baise ces caractères tracés de la main de ma mère... (*Elle les
baise, et lit l'adresse.*) Que vois-je? M. de Monlieu !.. c'est M.
de Monlieu que tu n'as pu découvrir?.. mais il est ici... à Vaujours... c'est bien la personne que tu cherches, car il a connu
maman, il m'en a parlé... son souvenir l'a vivement ému !..

MARIANNE. Que dites-vous?..

CLÉMENTINE. Je l'ai vu tout à l'heure.

MARIANNE. Grand Dieu ! sa demeure, mademoiselle, sa demeure, que je coure remplir ma mission...

CLÉMENTINE. Au château du village, dont il a fait l'acqui-
sition...

MARIANNE. Espérez, mademoiselle, vous aurez bientôt un

second père... adieu, mon enfant, je cours au château ; mais comme il serait imprudent de me présenter ici une seconde fois... où pourrions-nous nous rejoindre ?..

CLÉMENTINE, *réfléchissant*. Près la demeure de M. de Monlieu... il y a une longue avenue de tilleuls, et puis, au milieu d'un rond-point, un grand châtaignier qui sert de rendez-vous de chasse...

MARIANNE. Eh bien, soyez là dans une heure, mademoiselle Clémentine... je vous dirai le résultat de mon entrevue avec M. de Monlieu... on vient... sans adieu... espérez. . espérez !..

Elle sort vivement par le fond.

SCENE IV.

MAD. GALOIS, GALOIS, CLÉMENTINE.

CLÉMENTINE, *seule*. Le terme de mes souffrances serait-il donc arrivé !..

GALOIS, *jetant à terre un paquet de linge*. T'nez, la belle enfant, v'là d'quoi vous distraire... prenez votre hott' et allez m' rincer tout ça à la rivière.

MAD. GALOIS. Ah ! par exemp', un paquet comme ça !.. mais c'est au-d'sus d' ses forces à c't'enfant.

GALOIS. Bah ! bah ! pendant qu'elle travaill'ra, elle n' pens'ra pas à mal... allons viv'ment, vot' hotte.

MAD. GALOIS. Mais j'te dis qu'il y a d'quoi la tuer...

GALOIS, *à sa femme en la menaçant*. Pas tant de raisons... silence !.. ou morbleu !..

CLÉMENTINE, *qui a été chercher sa hotte*. Calmez-vous, monsieur, je vous obéis.

GALOIS. A la bonne heure !.. (*A sa femme.*) Et toi, à l'avenir, mêle-toi de c' qui te regarde...

CLÉMENTINE. Oui, madame, je vous en prie... ne montrez pas la compassion que je vous inspire... c'est bien assez de mon malheur, sans causer encore du trouble dans votre ménage.

Elle met sa hotte.

GALOIS. Tendez vot' dos, j' vas vous charger...

Il va prendre le paquet de linge.

CLÉMENTINE, *à part*. Je me dépêcherai tant, que je trouverai encore le moyen d'aller au rendez-vous de Marianne.

GALOIS, *lui mettant le paquet dans sa hotte*. V'là c'que c'est... A c't'heure, jouez des jambes et ensuite des bras... j' vous réponds qu' vous n'attrap'rez pas d'engourdissement... Allons, filez.

Clémentine sort par le fond

Mad. Galois, Clémentine, Galois.

SCÈNE VII.

MAD. GALOIS, GALOIS.

GALOIS. Maint'nant, femme sensible, amuse-toi à rentrer ce linge-là... il doit être sec...

MAD. GALOIS. C'est bon, brutal.

GALOIS. Qu'est-ce que tu dis?

MAD. GALOIS. J' dis, j' dis qu'ça m'est égal...

GALOIS. Alors, j'ai entendu mal...

MAD. GALOIS, *tout en prenant des serviettes qui sont étendues dans la coulisse à gauche, et les mettant sur son bras.* Il a bien réussi, M. Dargèle, en mettant sa fille ici pour la décider à s'marier... quand on voit le bonheur dont je jouis... il y a d'quoi engager à entrer en ménage.

GALOIS. Tu vas m'échauffer les oreilles !..

MAD. GALOIS. L' beau malheur !..

GALOIS. Ne m'ostine pas...

Il prend le battoir et la menace.

MAD. GALOIS, *allant vivement à lui.* M'sieur Barbe-Bleue, qui croit m' fair' trembler... touche donc...comme si le correctionnel était fait pour les caniches...

GALOIS. V'là du monde... t'es ben heureuse.. (*Montrant le battoir.*) Le juge de paix allait causer...

MAD. GALOIS. C'est drôle comm' j'ai peur...

GALOIS, *allant regarder au fond.* Tiens, c'est not' propriétaire avec M. Gavardin.

MAD. GALOIS. Les deux font la paire... et toi l'pendant...

SCÈNE VIII.

MAD. GALOIS, GALOIS, DARGÈLE, GAVARDIN, *ils entrent par le fond à droite.*

GALOIS. Messieurs, donnez-vous la peine d'entrer.

DARGÈLE. Bonjour, Galois...

GAVARDIN. Bonjour, mes amis...

GALOIS, *bas à sa femme.* Salue donc ces messieurs...

MAD. GALOIS, *de même.* J'ai mal aux reins...

GALOIS. Quel bon vent vous amène à Vaujours, mon propriétaire ?..

DARGÈLE. Nous venons voir Clémentine.

GALOIS. Elle est pour le quart-d'heure au lavoir... mais elle va revenir... si vous voulez vous rafraîchir en attendant... Ma femme, va tirer une bouteille de vin, et mets sur la table ce que t'as de mieux dans le buffet. Ces messieurs mangeront bien un morceau ?.. mais dépêche-toi donc...

MAD. GALOIS, *à mi-voix*. J'ai des cors aux pieds...

GALOIS, *bas à sa femme*. Tu me l' paieras... (*Haut*.) j'vas faire tout ça moi-même, ça ira plus vite...

MAD. GALOIS. Va, mon bon homme, va... (*A part*.) Moi, j' vais ranger l' linge au séchoir ; j'aime pas la société d' ces messieurs...

Galois sort par la droite, et sa femme par la
gauche; Gavardin et Dargèle qui sont remontés
un peu au fond, redescendent la scène.

SCÈNE IX.

DARGÈLE, GAVARDIN.

GAVARDIN. Eh bien, mon ami, avais-je tort quand je vous disais que vous ne réduiriez pas votre fille par le travail et les privations... sa dernière lettre nous l'a prouvé.

DARGÈLE. J'avais cru, je l'avoue, vaincre sa résistance ; je me suis trompé.

GAVARDIN. Vous le dirai-je avec franchise, M. Dargèle, je crains que votre erreur n'ait été volontaire... Votre empressement à me nommer votre gendre n'est plus le même.

DARGÈLE. Qui peut vous le faire croire, docteur ?...

GAVARDIN. Votre intérêt ; vous vous étiez bercé de l'espoir que vous ne seriez jamais forcé de donner une dot à votre fille.

DARGÈLE. Moi ?

GAVARDIN. Mais entre nous il ne peut y avoir de trahison... songez-y.

DARGÈLE. Pour vous prouver la franchise de mes intentions, que puis-je faire ?

GAVARDIN. Me laisser, à mon tour, le soin de dompter le caractère altier de Clémentine.

DARGÈLE. J'y consens.

GAVARDIN. Voici quel est mon plan... jusqu'ici votre fille a vécu libre, quoique soumise à un travail assidu et fatigant ; maintenant, séquestrons-la du monde... emprisonnons-la... tentons sur elle l'effet de l'isolement.

DARGÈLE. J'adopte cette pensée.

GAVARDIN. Nous quitterons aujourd'hui même cette maison avec elle, et nous nous rendrons à ma propriété des Ardennes... là, captive, solitaire, et livrée à toutes les privations qui ébran-

lent l'âme la plus forte, nous la verrons bientôt, je l'espère, soumise et résignée.

SCÈNE X.

DARGÈLE, GAVARDIN, GALOIS, *sortant de la maison à droite.*

GALOIS. Mon propriétaire, votre couvert est mis.

DARGÈLE. Entrons. Galois, quand Clémentine sera de retour
vous viendrez me le dire.

GALOIS. Oui, monsieur.

> Dargèle et Gavardin entrent dans la maison à
> droite.

SCÈNE XI.

MAD. GALOIS, *sortant du séchoir à gauche,* **GALOIS.**

GALOIS. Eh ben, tu restes là ?.. va donc avec ces messieurs.

MAD. GALOIS. Pourquoi faire ?

GALOIS. Pour les servir...

MAD. GALOIS. Par exemple ! est ce que j'suis leur domestique ?
si j' voulais m'mettre en service j'choisirais d'autres maîtres
qu'ceux-là.

GALOIS. V'là qu'tu vas recommencer ? si gn'y a pas d'quoi
tomber d'un coup de sang.

MAD. GALOIS. Ah ! j'suis ben tranquille, tu n'me f'ras pas
c' plaisir-là.

GALOIS, *faisant un geste* Ah ! je n' sais pas qui me retient...

MAD. GALOIS. Ça s'rait du temps perdu...puisqu'on t'attend,
va donc....

GALOIS. Ça finira mal nous deux.

MAD. GALOIS. Ça n'a pas commencé autrement.

> Galois entre dans la maison, en menaçant sa
> femme avec colère.

MAD. GALOIS. Oui, grince des dents, rageur...t'as pas besoin
d'ça pour être laid...ah ! ça, v'là six heures, il est tems qu'les
ouvrières rentrent chez elles.... sonnons la cloche.

> Elle va à gauche sonner la cloche qui est censée
> dans la coulisse.

SCÈNE XII.

MAD. GALOIS, BLANCHISSEUSES.

Les blanchisseuses entrent par le fond, portant leur linge dans leur tablier ;
elles vont le déposer dans le séchoir et reparaissent ensuite.

LES BLANCHISSEUSES. Bonsoir, mame Galois.

MAD. GALOIS. Bonsoir, mes enfans, bonsoir, à d'main matin d'bonne heure....

LES BLANCHISSEUSES. Oui, mame Galois.

MAD. GALOIS. Ah! dites donc, comm' l'ouvrage est rude pour le quart-d'heure, d'ici à la fin d'la semaine, j'vous augment'rai vot' journée de deux sous.... surtout, n'en parlez pas à mon homme. Il n'entend pas de c't'oreille-là, lui.

LES BLANCHISSEUSES. Merci, mame Galois.

Elles sortent par le fond, de différens côtés.

SCENE XIII.

MAD. GALOIS, *seule.*

Clémentine ne r'vient pas.... elle avait tant d'ouvrage! et elle n'a pas voulu rentrer sans qu'elle soit finite.... Ah! la v'là.

SCENE XIV.

CLÉMENTINE, MAD. GALOIS.

Clémentine entre, sa hotte sur le dos, par le fond à gauche.

MAD. GALOIS, *allant à elle.* C'te pauvre enfant! elle est tout en nage! attendez que j'vous aide.

Elle lui ôte sa hotte.

CLÉMENTINE. Merci, madame. Ah! je suis bien fatiguée; je puis à peine me soutenir!

MAD. GALOIS. Reposez-vous, mon enfant, j'vas rentrer vot' linge au séchoir... *Clémentine s'assied sur une chaise à gauche.*

CLÉMENTINE. Que vous êtes bonne, madame!

MAD. GALOIS, *prenant la hotte et la soulevant.* Un' charge pareille! Si n'faut pas avoir l'cœur aussi dur qu'mon battoir. (*Près d'entrer au séchoir et se retournant.*) A propos, vot' père et son ami viennent d'arriver, ils sont dans la maison.

Elle entre au séchoir, emportant la hotte.

SCENE XV.

CLÉMENTINE, *seule.*

M. Dargèle est ici!.. il vient sans doute pour rendre ma chaîne plus pesante encore... mais à présent plus que jamais je puis braver sa tyrannie... j'ai trouvé une âme compatissante à mes peines; Dieu m'a envoyé un protecteur... Je viens de le voir, ce bon M. de Monlieu... Après avoir lu la lettre de ma mère, il a voulu accompagner Marianne au rendez-vous qu'elle m'avait donné. Que cette entrevue m'a fait de bien!.. comme ses paroles étaient douces et consolantes! Son regard, le son de sa voix, m'allaient à l'âme et la remplissaient d'un sentiment délicieux qui m'était inconnu jusqu'alors... ô ma mère... réjouis-toi, ton dernier vœu est accompli... la faible plante a trouvé un abri contre les orages... ta fille aura désormais un guide qui saura la préserver des écueils de la vie... jamais il n'abandonnera la pauvre orpheline; il me l'a juré par toi, ma mère; par toi, dont il chérit et vénère la mémoire...On vient, c'est M. Dargèle! mon cœur se serre... je suis tremblante... Mon Dieu! est-ce là l'émotion que devrait produire la présence d'un père!..

SCENE XVI.

CLÉMENTINE, DARGELE, GALOIS, *sortant tous deux de la maison.*

DARGÈLE. Galois, ma voiture est restée à la poste, obligez-moi d'aller demander des chevaux, et qu'on vienne nous prendre ici.

GALOIS. Oui, monsieur.

Il sort par le fond à droite.

DARGÈLE. Clémentine, aujourd'hui-même, je vais faire cesser la vie humiliante que vous menez ici. Ce soir, vous sortirez de cette maison.

CLÉMENTINE, *à part.* Ciel! il me prépare quelque nouvelle torture.

DARGÈLE. Dans une heure nous partirons.

CLÉMENTINE. Dans une heure?..

DARGÈLE. Oui, montez dans votre chambre, et faites vos préparatifs...

Il remonte la scène pour voir si les chevaux
paraissent. *

CLÉMENTINE, *en rentrant.* O mon Dieu! au moment où j'espérais! Je vais donc être séparée de mon protecteur, livrée à la merci de leur méchanceté!.. oh! non, non, cela ne peut pas être... cela ne sera pas...

DARGÈLE, *redescendant et voyant encore Clémentine en scène, lui dit avec colère :* Allez.

Clémentine entre dans la maison. La nuit est venue.

SCENE XVII.

DARGÈLE, GALOIS.

GALOIS, *rentrant par le fond.* Mon propriétaire, l'on attèle les chevaux; dans cinq minutes la voiture sera ici.

DARGÈLE. Entrons prendre Gavardin.

* Dargèle, Clémentine.

GALOIS. Vous boirez bien le coup de l'étrier.

Ils entrent tous deux dans la maison à droite.

SCÈNE XVIII.

CLÉMENTINE, *seule.*

Elle ouvre la fenêtre qui est au-dessus de la porte à droite.

Il n'est plus là... comment échapper?.. je ne puis sortir de cette maison, sans traverser la salle où sont M. Dargèle et M. Gavardin... cette fenêtre est mon seul moyen de salut... du courage. (*Elle attache un drap à la barre de sa croisée.*) J'expose ma vie... qu'importe, mieux vaut être morte que de rester en leur pouvoir.

Elle descend en se cramponnant au drap.

SCÈNE XIX.

MAD. GALOIS, CLÉMENTINE.

MAD. GALOIS, *entrant par la gauche au moment ou Clémentine touche le sol.* Que vois-je?

CLÉMENTINE. Ah! madame, silence! par pitié, ne me livrez pas.

MAD. GALOIS. Moi, vous livrer!.. pauvre enfant! Dieu m'en garde!

CLÉMENTINE. Mon Dieu! mon Dieu! donnez-moi assez de forces pour échapper à leurs poursuites!

Elle sort en courant par la gauche. — On entend le fouet du postillon.

SCÈNE XX.

MAD. GALOIS, GAVARDIN, DARGÈLE, *ensuite* GALOIS *à la fenêtre.*

DARGÈLE, *paraissant.* J'entends le postillon... (*A Galois qui est encore dans la maison.*) Galois, dites à ma fille de descendre.

Il remonte la scène avec Gavardin.

MAD. GALOIS, *à part.* Oui, va, cherche, les oiseaux sont dénichés...

GALOIS, *paraissant à la fenêtre.* Personne dans sa chambre.

DARGÈLE, *redescendant la scène et apercevant le drap.* Que vois-je?.. elle a pris la fuite par cette fenêtre.

GAVARDIN. Elle nous échapperait!

DARGÈLE. Courons prévenir l'autorité, et mettons-nous à sa poursuite.

Gavardin et Dargèle sortent par le fond à droite.

MAD. GALOIS. Allez, et puissiez-vous vous rompre le cou !

Elle se moque de son mari qui est toujours à la fenêtre, et qui de son côté la menace de sa colère.

FIN DU DEUXIÈME ACTE.

ACTE III.

La scène est chez M. de Monlieu.

Un salon ouvert sur un jardin ; portes latérales ; un plan plus loin, une grille qui traverse tout le théâtre, et qui s'ouvre en face du public ; au fond la campagne ; à droite au premier plan, une table avec une bougie allumée, chaises, fauteuils, etc.

SCÈNE PREMIERE.

MAD. DE VAREUIL, GUSTAVE, *entrant en scène.*

GUSTAVE, *après avoir conduit madame de Vareuil, à un fauteuil à droite.* Eh bien ! ma sœur, tu dois être contente de la fête que ton futur époux vient de t'offrir... tu ne te plaindras pas de moi, j'espère... presque toute la soirée, j'ai été ton cavalier... un frère ne peut faire plus gaîment ses adieux.

MAD. DE VAREUIL. Ses adieux ?..

GUSTAVE. Je me comprends ; je resterai près de toi, petite sœur ; mais je fais mes adieux à mon emploi de cavalier... bientôt ce ne sera plus moi qu'on choisira pour les promenades ; les privilèges du frère disparaîtront devant les droits du mari... je deviendrai un étranger, un inconnu, un importun ; car M. de Monlieu ne sera pas comme ton premier mari, il cherchera à embellir ta vie, à te donner le bonheur en partage... il t'aime beaucoup...

MAD. DE VAREUIL, *se levant.* Il m'aime... tu le crois, n'est-ce pas, Gustave ?..

GUSTAVE. Si je le crois !.. il est plus près de la folie que de l'indifférence, je t'assure.

MAD. DE VAREUIL. Cependant voici deux heures au moins,

qu'il est absent du château... la société va bientôt se retirer et il n'est pas encore de retour...

GUSTAVE. Son départ a été motivé par une affaire importante et imprévue... il nous l'a dit. Je suis certain que dans ce moment il éprouve autant de contrariété que toi-même...

MAD. DE VAREUIL. N'importe; ce brusque éloignement est extraordinaire.

GUSTAVE. Ne t'alarme pas.

MAD. DE VAREUIL. Il lui sera arrivé quelque accident... si tu pouvais aller à sa rencontre... ou t'informer... mais on ignore où il est... quelle route il a prise... il n'a rien dit... ah! mon Dieu, mon Dieu! je suis d'une inquiétude...

GUSTAVE. Elle va cesser... tiens, regarde...

MAD DE VAREUIL. C'est lui!..

Monlieu paraît derrière la grille.

SCENE II.

MAD. DE VAREUIL, DE MONLIEU, GUSTAVE.

GUSTAVE. Venez, mon cher Monlieu, venez vous faire gronder.

MONLIEU. Chère Eugénie, ne me condamnez pas sans m'entendre...

MAD. DE VAREUIL. Voyons, que direz-vous, monsieur, pour votre justification?.. quelle était cette affaire importante qui vous faisait tout quitter?..

MONLIEU, *un peu embarrassé.* Il s'agissait de rendre un service à un ancien ami...

MAD. DE VAREUIL. Et c'est à ce service qu'avait rapport la lettre que vous a remise une femme que je n'ai pas l'habitude de rencontrer ici?.. la lecture de cette lettre vous a causé une émotion bien vive?.. avouez-le...

MONLIEU. Qui peut vous faire penser?..

MAD. DE VAREUIL. J'étais dans le bosquet des Charmilles quand on vous a remis cette missive, et si je ne surpris poir le secret de votre conversation, c'est que j'aimai mieux le devoir à votre confiance qu'à mon indiscrétion...

DE MONLIEU. Vous avez eu raison, Eugénie, de croire à mon désir de vous rendre ma plus intime confidente; aucunes de mes pensées, aucunes de mes actions ne vous seront jamais cachées...

MAD. DE VAREUIL. Et vous me promettez de me dévoiler ce mystère?..

MONLIEU. Oui, mon amie...

GUSTAVE. Toute la société vient vous faire ses adieux ; à la campagne, on rentre de bonne heure... c'est d'étiquette.

> *Les invités viennent saluer M. de Monlieu, qui prend madame de Vareuil par la main ; et tous deux, rendent le salut à la société qui se retire et sort par la grille, qu'un domestique ferme après le départ des invités.*

SCENE III.

GUSTAVE, MONLIEU, EUGÉNIE.

Le fond est obscur, le salon seul est éclairé.

GUSTAVE, *après que tout le monde est sorti.* Vous savez, mon cher Alfred, que vous nous avez promis l'hospitalité pour cette nuit... Eugénie ne se sentirait pas le courage de traverser les bois pour regagner notre demeure.

MONLIEU. Vos appartemens sont prêts... (*Montrant la porte à droite.*) Gustave, voici le vôtre ; et le joli boudoir, à côté, est disposé en chambre à coucher pour Eugénie... François, donnez des bougies...

> *Le domestique allume une bougie.*

MAD. DE VAREUIL. Bonsoir, mon ami, mais songez que j'attendrai votre confidence impatiemment ; je suis curieuse, je vous en préviens...

MONLIEU. Demain vous saurez tout... et nous signerons le contrat. Je prierai Gustave d'aller au point du jour chercher le notaire... Bonne nuit, mon Eugénie à demain...

> *Il la conduit jusqu'à la porte de son appartement à droite, et lui baise la main ; ensuite Gustave passe devant lui, et après lui avoir dit aussi adieu, il suit sa sœur. Tous deux sont précédés d'un domestique portant une bougie.*

SCENE IV.

MONLIEU, *seul.* Demain mon bonheur commencera. Je nommerai Eugénie mon épouse ; elle deviendra la compagne de ma vie, la confidente de mes pensées, je lui dirai toute mon existence passée... et tourmentée... sa belle ame s'associera à ma tendresse, à mes projets pour ma Clémentine, pour ma fille...car, je suis père...je suis père !..il n'y a que quelques heures que ce secret m'est révélé... Sophie, dont les circonstances m'avaient séparé, Sophie, devenue la femme d'un autre, m'avait caché ce mystère ; et c'est à son lit de mort qu'elle a porté vers moi son souvenir et m'a dit ce secret... elle me demande appui pour notre enfant...Je l'ai vue, cette chère fille, que la destinée à placée près de moi, comme si le ciel avait voulu mettre le protecteur près de la victime. Je l'ai vue au rendez-vous où m'a conduit la bonne Marianne. En regardant Clémentine, j'ai reconnu les traits de sa mère... c'est l'image de son angélique douceur, de sa candide franchise... mais déjà elle est vouée à la souffrance, livrée aux larmes... Ah! mon Dieu!.. relisons la lettre de sa mère... (*Il tire une lettre de sa poche et va s'asseoir à la table à droite. Lisant*) « Sophie à Alfred de Monlieu. Je suis »condamnée par les médecins, s'ils m'ont trompée, ce ne peut »être que de quelques jours; mes intolérables douleurs sont »sans doute la juste punition de la seule faute de ma vie; je les »endure sans me plaindre; mais une pensée m'accable; il est »un être qui n'a rien fait pour devenir malheureux et qui ce- »pendant est voué au malheur, c'est notre Clémentine...celui qui »a rempli ma vie de tant d'amertume, déteste cet enfant, dont le »secret de naissance lui fut révélé par ma franchise, la veille de »l'hymen... j'espérais de lui l'oubli du passé... il me l'avait »juré; mais il fut parjure, et bientôt atrocement cruel!..Quand »je ne serai plus, toute la haine de M. Dargèle se reportera sur »Clémentine. Alfred cet enfant, qu'on menace, c'est le mien, »c'est le vôtre...une pauvre mère qui va mourir, se tourne vers »vous comme vers sa dernière espérance... protégez Clémen- »tine!.. ma dernière pensée sera pour vous et pour elle. » (*Par- lant.*)Pauvre Sophie !..l'infâme, qui a pris le titre de ton époux, s'est fait ton bourreau, ton assassin... tu as expié la faute de m'avoir aimée...je le sais; Marianne m'a révélé le crime... elle m'en a livré la preuve... la voici... (*Il tient à la main le premier procès-verbal qu'il a tiré de sa poche et que Marianne lui a remis avec la lettre de Sophie.*) Je saurai remplir le devoir que l'hon- neur et ton souvenir m'imposent!.. Clémentine peut compter sur Monlieu!..

En ce moment, on voit Clémentine, se soute-
nant à peine, paraître à la porte de la grille.

SCENE V.

MONLIEU, CLÉMENTINE.

CLÉMENTINE, *en dehors* Enfin, voici la grille du château de M. de Monlieu... secourez-moi!.. par pitié, secourez-moi!..

MONLIEU, *se retournant.* Qu'entends-je?.. cette voix!..

CLÉMENTINE. Un asile, un refuge pour cette nuit!..

MONLIEU, *reconnaissant Clémentine.* Clémentine! c'est elle!.. (*appelant.*) Hola! quelqu'un!.. (*Un domestique et une femme de charge paraissent. Au domestique.*) Ouvrez cette grille!.. (*On ouvre la grille, M. de Monlieu soutient Clémentine et descend la* *scène avec elle.*) Chère enfant, dans cet état !.. à cette heure !.. qu'est-il donc arrivé ?..

CLÉMENTINE. Monsieur de Monlieu... ah! sauvez-moi... sauvez Clémentine... ils veulent mon malheur.... ma honte.... je leur ai échappé pour un moment... comme par miracle... (*Remontant un peu la scène.*) Écoutez... silence... ils me poursuivent...

MONLIEU, *qui a été regarder à la porte.* Remettez-vous... rassurez-vous, mon enfant...

CLÉMENTINE. La mort... plutôt mille fois la mort que l'obéissance à de pareils ordres... savez-vous ce qu'ils m'ont dit... ce qu'ils veulent ?.. Au moment où je rêvais l'espérance, après un long désespoir, M. Dargèle et M. Gavardin se sont présentés à moi, comme deux messagers d'affreux malheurs; ils cherchent à me tromper par les démonstrations d'une perfide indulgence, pour me contraindre à devenir la compagne de celui qui aida au meurtre de ma mère... ah! monsieur de Monlieu, je vous supplie, au nom de maman, ne les laissez pas accomplir ce dernier crime !

MONLIEU. Calmez-vous, Clémentine... le ciel vous a conduite vers un asile protecteur... Il est quelqu'un ici qui fera tout pour vous prêter appui... ayez confiance en son dévouement... votre bonheur est lié au sien, vos souffrances deviendront les siennes.... sachez-le bien, Clémentine... et maintenant, du calme... de la résignation... surtout du courage... je vous en prie...

CLÉMENTINE. Ah! monsieur de Monlieu... la malheureuse Clémentine vous tiendra compte de ce que vous aurez fait pour elle, elle n'a plus que vous au monde.

MONLIEU. Pensez à la conservation de votre santé, je dois veiller aussi sur elle; il faut du calme à l'agitation de votre âme, du sommeil aux fatigues de votre corps. (*Il appelle une domestique.*) Marie, conduisez mademoiselle dans mon appartement... que les soins les plus attentifs lui soient prodigués... veillez à cela... (*A Clémentine.*) Allez, allez vous reposer, mon enfant... ici, je veille sur vous et pour vous.

Il conduit Clémentine jusqu'à la porte à gauche, elle sort accompagnée de Marie et précédée de François qui tient un flambeau.

SCÈNE VI.

MONLIEU, *seul.*

Là, elle sera, je l'espère, en sûreté la pauvre enfant. (*Allant voir au fond.*) Rien dans la direction de la maison de Calois n'annonce une poursuite; l'avenue est déserte et calme. (*Au do-

5|

mestique qui sort de la chambre à gauche.) François, ma voiture de voyage est en état, n'est-ce pas?.. avant une heure, des chevaux de poste; tu les feras conduire par la petite ruelle des Coudriers; tu m'accompagneras, hâte-toi. (*Le domestique sort.*) Je conduirai Clémentine chez une de mes parentes; elle y attendra l'effet de mes démarches... je verrai ce monsieur Dargèle... je lui parlerai d'abord en homme suppliant... et puis après, s'il résiste... oh! j'ai des moyens d'attendrir cette ame... de la rendre souple... on verra où peuvent me conduire mon dévoûment à Clémentine et mon obéissance au dernier soupir de Sophie. (*On entend un léger bruit qui va en augmentant.*) On vient ici... j'entens des pas précipités... on est sur ses traces. (*Il approche de la grille.*) Plus de doute ce sont eux...

SCÈNE VII.

GAVARDIN, DARGÈLE, MONLIEU, Gendarmes.

DARGÈLE, *à la porte.* Ouvrez! ouvrez!

MONLIEU. A cette heure!..qui est là? que demande-t-on?

GAVARDIN. Au nom de la loi... ouvrez.

On ouvre; Dargèle et Gavardin descendent la
scène, la garde reste au fond.

MONLIEU. Que voulez-vous, messieurs?.. qui êtes-vous?

DARGÈLE, *tenant un papier à la main.* Un père, qui vient ravir sa fille à la plus lâche séduction...

MONLIEU. Que dites-vous?

DARGÈLE, *bas à Gavardin.* Son émotion le trahit; elle est ici, j'en suis sûr. (*montrant le papier.*) En vertu de cet ordre, pénétrons dans les appartemens...

MONLIEU, *voulant s'y opposer.* Messieurs, je ne souffrirai pas...

DARGÈLE, *lui montrant l'ordre.* Obéissez à la loi.

Mad. de Vareuil et Gustave, paraissent par la
la droite au moment où Dargèle et Gavardin
pénètrent dans l'appartement à gauche.

SCENE VIII.

MONLIEU, GUSTAVE, MAD. DE VAREUIL.

GUSTAVE. Monsieur de Monlieu, que signifie ce scandale?

MONLIEU, *allant à mad. de Vareuil.* Eugénie, Eugénie... il s'agit d'une infortunée à laquelle vous ne refuseriez pas votre appui.

CLÉMENTINE, *en dehors*. Laissez-moi! laissez-moi! non, je ne vous suivrai pas.

SCENE IX.

GAVARDIN, CLÉMENTINE, DARGÈLE, MONLIEU, GUSTAVE, MAD. DE VAREUIL.

DARGÈLE, *sortant du cabinet et tenant Clémentine par le bras*. La voici!.. elle était dans votre appartement.

MAD. DE VAREUIL, *se jetant dans les bras de son frère*. Ah!.. Gustave...

DARGÈLE, *à Clémentine*. Venez, venez...

Il veut l'entraîner.

MONLIEU, *à part*. Et je ne puis parler en ce moment!

CLÉMENTINE, *résistant*. Monsieur de Monlieu, secours! secours!

MONLIEU. Oui, secours à Clémentine, et malgré vous, messieurs, et partout... songez-y, les moyens ne me manqueront pas pour vanger votre victime!

Dargèle et Gavardin entraînent Clémentine qui
se débat.

GUSTAVE, *s'approchant de Monlieu, et lui montrant mad. de Vareuil évanouie dans un fauteuil, à l'avant-scène à droite*. Regardez la vôtre, monsieur de Monlieu, et comprenez ce que je vous demande.

Pendant ces derniers mots les autres personnages
ont gagné la grille, et se disposent à sortir;
Gustave prodigue ses soins à sa sœur; Mon-
lieu à l'avant-scène, à gauche, regarde ce ta-
bleau avec une vive émotion.

FIN DU TROISIÈME ACTE.

ACTE IV.

PREMIER TABLEAU.

Une mansarde obscure ; à gauche, dans un coin, une table, une chaise ; dans l'autre coin, à droite, un matelas. Au fond, une porte tournant sur pivot et servant de tour ; à cette porte, et à hauteur d'appui, est fixée une tablette sur laquelle on voit du pain et un vase rempli d'eau. A gauche, au premier plan, une autre porte secrète ; plus loin, du même côté, une croisée à laquelle on a mis des volets pour intercepter la lumière. Nuit entière.

SCÈNE PREMIÈRE.

DARGÈLE, GAVARDIN, *un flambeau à la main, entrant par la porte à gauche,* **CLÉMENTINE,** *endormie sur le matelas.*

GAVARDIN, *s'approchant de Clémentine et l'examinant.* Elle dort.

DARGÈLE, *regardant la tablette de la porte tournante.* Elle n'a pas encore touché à ces alimens...ce vase est plein, ce pain est intact.

GAVARDIN. Son sommeil est agité... sa respiration difficile ; c'est l'effet du jeûne qu'elle s'est imposé.

DARGÈLE. Elle veut avoir recours à la mort en se privant de nourriture.

GAVARDIN. Rassurons-nous. Le sentiment de conservation que la nature a mis au fond de tous les cœurs sera plus fort que la résolution désespérée d'une enfant... éloignons ces alimens grossiers. (*Il fait tourner la porte en poussant un ressort, la tablette disparait et l'on ne voit plus que l'autre partie pleine de la porte.*) Nous lui en enverrons d'autres qui, préparés par moi-même, exciteront davantage ses désirs, et me feront atteindre le but que je me propose... mon art viendra en aide à mes projets.

DARGÈLE. Par quel moyen ?

GAVARDIN. Un spécifique, sans danger pour ses jours, mais puissant sur son intelligence et que je mêlerai à sa boisson, va briser rapidement sa volonté rebelle... que Clémentine porte ses lèvres au vase qui contiendra ce breuvage, et le succès est certain.

DARGÈLE. Mais ce sera plutôt un spectre qu'une fiancée, que vous menerez à l'autel.

Vierge et Martyre.   5

GAVARDIN. Quand elle aura reçu mon nom... oh ! alors mon art me donnera la puissance de rendre la santé à ce corps affaibli, la pensée à cette intelligence éteinte, l'émotion à cette âme jetée à la léthargie... nous pouvons arrêter la célébration de mon mariage.

DARGÈLE. Mais ne craignez-vous pas que l'état de Clémentine...

GAVARDIN. Le soin que j'ai pris depuis notre arrivée, de répandre le bruit de la maladie de langueur de votre fille, expliquera son abattement, et les preuves d'intérêt que je lui donne, feront comprendre les motifs d'un hymen, qui assure un ami à la malade...

CLÉMENTINE, *endormie*. Ma mère, ma mère !..

DARGÈLE. Elle va s'éveiller...

GAVARDIN. Il ne faut pas qu'elle nous aperçoive ici... sortons.

> Ils sortent par la porte secrète, en emportant la bougie qu'ils avaient posée sur la table en entrant.

SCÈNE II.

CLÉMENTINE, *seule, sur son séant*. Ah ! quel rêve vient de tourmenter mon sommeil ! Comme il s'est terminé d'une manière affreuse... je voyais les apprêts d'une noce, c'était la mienne.... de jeunes filles conviées à la fête, étaient comme moi, toutes vêtues de blanc... Le temple était jonché de fleurs... Celui qui allait devenir mon époux répondait à toutes les illusions de mon âme, car son image était celle qui est toujours au fond de mon cœur... tout-à-coup les voiles blancs des jeunes filles se changent en tissus de deuil qui encadrent leurs têtes pâles...les bouquets deviennent les tristes fleurs qui croissent sur les tombes, et au son des hymnes funèbres, je me sens saisie et traînée à l'autel par M. Gavardin ! toujours lui, toujours cet homme ! et à ses côtés, mon père, calme, tranquille, souriant et me présentant son complice, comme un arrêt fatal de sa volonté... oh ! non.... non.... ce rêve ne se réalisera pas.... Il y a encore de la force dans mon âme. (*Elle se lève.*) Et bientôt je serai soustraite à leurs projets... La faim qui me dévore, la soif qui me brûle, toutes ces tortures que j'ai appelées à moi, vont accomplir la résolution que j'ai formée de mourir... Ce ne sera pas en vain que j'aurai eu le courage de doubler les supplices auxquels ils m'ont condamnée... Ils avaient été bien ingénieux dans leurs moyens de souffrances.... Ils m'avaient même refusé la lumière du jour... Et ce n'est que bien rarement, et quand le soleil est dans toute sa force, qu'un rayon vient, comme par pitié, éclairer le cachot de la pauvre Clémentine... Je m'y suis habituée.... Mes yeux ont même réussi à voir comme une ombre incertaine, quelques-uns des objets que des geôliers invisibles déposent pour moi... (*Elle regarde du côté de la porte du fond.*) Mais je n'entrevois plus.... (*En redescendant la scène.*) quelqu'un est entré ici pendant mon sommeil... Oh! ils n'avaient pas besoin de m'enlever ces grossiers alimens; je n'y aurais pas touché. (*En ce moment, la porte du fond tourne sur elle-même; sur la tablette, on voit un morceau de pain blanc, à côté une carafe d'eau, un verre et un billet.—Se retournant au bruit et apercevant la tablette qui vient de reparaître.*) Pourquoi ces dons inaccoutumés? ont-ils peur à présent de ma résolution de mourir... oh! ils ne me feront pas fléchir. (*Elle redescend la scène.*) Le besoin m'attire vers ces alimens.... Mais ma volonté est plus forte... Cependant, je souffre beaucoup.... (*Elle approche de la tablette.*) Ces vivres pourraient me calmer un peu... (*Elle fait encore un pas.*) Du pain blanc... De l'eau fraîche.... (*Elle tend la main et la porte sur le pain.*) Qu'ai-je senti?...un papier! (*Elle le prend, et redescend la scène.*) Oui, c'est bien un papier... Sans doute une main compatissante a tracé ce billet. (*Elle cherche à lire.*) L'obscurité m'empêche de voir ce qu'il contient.... Mon Dieu! mon Dieu!.. c'est peut-être l'espérance qu'on m'envoie, et je ne puis connaître le sens de cet écrit!.... quel horrible supplice!... Mais j'y songe.. hier... à peu près à ce moment, le soleil a percé ces ténèbres de son éclat... (*Un rayon paraît en cet instant à travers les ais mal joints du volet.**) Oh! le voilà... le voilà encore une fois... merci, merci, bienfaisante lumière; laisse un moment ta clarté dans la prison de la pauvre recluse... (*Lisant le billet.*) C'est de monsieur de Monlieu, de mon protecteur... Il a gagné un domestique pour communiquer avec moi... Il ne m'abandonne pas... il me dit d'espérer... (*Elle se jette à genoux.*) Ah! mon Dieu! mon Dieu! vous avez donc jeté un regard de compassion sur la captive. (*Se relevant.*) Oh! je ne veux plus mourir à présent... je veux vivre! car on pense à moi... on me protège, on m'aime. (*Elle prend le pain et la carafe, s'assied à la table et mange.*) Que ce pain me semble bon!.. Buvons... (*Elle boit.*) Cette nourriture donne la vie à mes sens. Je respire avec plaisir... bientôt je quitterai ce séjour odieux, j'en ai le pressentiment... bientôt je serai libre... La liberté, je l'aurai avec l'éclat du ciel, l'air pur des champs, le parfum des fleurs... oh! c'est une pensée à devenir folle de joie!.. (*Sentant les premières atteintes du breuvage, et après une pause.*) Mon Dieu... mon Dieu! Mais est-ce donc l'effet d'une sensation trop vive et trop brusque que je sens?.. mes idées deviennent sans ordre... mon cœur bondit avec force dans ma poitrine... un tremblement nerveux

---

* On obtient cet effet en laissant un jour entre les deux volets, derrière lequel on place dans la coulisse deux becs de lampes que l'on ne démasque que quand la lumière doit paraître.

me saisit... ma tête est pesante... je ne puis me soutenir... si ces vivres étaient... ah! mon Dieu... mon Dieu... Maman... monsieur de Monlieu... je meurs...

> Elle tombe évanouie sur le matelas. En ce moment entre Gavardin et Dargèle à qui le docteur montre Clémentine évanouie et subissant l'effet de la potion qu'il a préparée. — Tableau.

DEUXIÈME TABLEAU.

Un salon chez Gavardin ; portes latérales, porte au fond ; à gauche au premier plan, une table et ce qu'il faut pour écrire ; chaises, fauteuils.

SCÈNE PREMIERE.

JOSEPH, *puis* DARGÈLE.

JOSEPH, *entrant par la porte du fond*. Il était tems que je fisse éloigner monsieur de Monlieu ; un moment plus tard, M. Dargèle nous surprenait ensemble... le voici.

DARGÈLE, *entrant par le fond*. Joseph...

JOSEPH. Monsieur...

DARGÈLE. Vous n'étiez pas seul, il n'y a qu'un moment dans le pavillon du jardin ; un homme causait depuis long-tems avec vous, et il s'est éloigné par l'allée des charmilles. Répondez franchement ; cette personne n'était-elle pas monsieur de Monlieu?..

JOSEPH. Monsieur...

DARGÈLE. Il vous aura interrogé, il aura gagné votre indiscrétion, et vous lui aurez appris que le sort de Clémentine allait être aujourd'hui décidé, et qu'elle épousait Gavardin... oh! avouez-le, Joseph, et ne craignez pas de recevoir mes reproches... si j'ai eu mes raisons pour renvoyer Marianne, qui avait entretenu des intelligences avec M. de Monlieu, mes intentions se sont modifiées depuis, et aujourd'hui, j'apprendrais sans colère qu'il se soit informé de Clémentine.

JOSEPH. Eh bien! puisqu'il en est ainsi, monsieur, j'avouerai donc que M. de Monlieu...

DARGÈLE. A découvert la retraite de ma fille, qu'il s'est introduit ici... c'est bien... laissez-moi, éloignez-vous.

> Joseph sort par le fond.

SCÈNE II.

DARGÈLE, *seul, il s'assied à gauche.*

De Monlieu ici !.. et sa présence me fait presque sourire... c'est que cet homme est peut-être le seul qui puisse maintenant me sauver moi-même de Gavardin... c'est aujourd'hui que le docteur espère recueillir le fruit de tous ses calculs... Clémentine... va devenir sa femme! jeune fille, maintenant sans volonté ni pensée, l'œil hagard pouvant à peine s'exprimer de la voix et du geste, presqu'idiote enfin... elle se laisse parer pour la cérémonie nuptiale, et semble étrangère à tout ce qui se passe autour d'elle... voici les fiancés...

Il se lève.

SCÈNE III.

DARGÈLE, GAVARDIN, CLÉMENTINE.

Clémentine est en négligé ; sa figure est pâle, son œil fixe, sa démarche mal assurée, Gavardin entre en lui donnant la main.

DARGÈLE. Quelle pâleur mortelle !..

GAVARDIN, *quittant la main de Clémentine qui reste à l'avant-scène.* Vous le voyez, mon ami, la science ne m'a pas trompé ; voilà la rebelle calme, résignée, soumise, n'ayant pas même l'intelligence du refus... Il faudrait un bien grand ébranlement, une bien forte commotion, pour faire cesser cet état qui, aux yeux du vulgaire, paraîtra l'effet naturel d'une longue souffrance.

DARGÈLE. Pensez-vous que le magistrat chargé des mariages?..

GAVARDIN. Toujours des doutes, des hésitations... j'ai pris soin moi-même de prévenir le maire de l'état maladif de Clémentine, et j'ai pensé que sa toilette devait être plutôt le négligé d'une convalescente, que la parure d'une mariée... partons; les témoins nous attendent à la maison municipale.

Il prend de la main gauche la droite de Clémentine qui le regarde d'un œil hagard ; elle se trouve ainsi placée entre eux deux, en remontant la scène.

DARGÈLE, *à part.* Il le faut...

Ils font quelques pas pour sortir la porte s'ouvre.

SCÈNE IV.

DARGÈLE, CLÉMENTINE, MONLIEU, GAVARDIN.

JOSEPH, *annonçant.* M. de Monlieu !

DARGÈLE et GAVARDIN, *reculant à ce nom.* Qu'entends-je ?

GAVARDIN, *lâchant la main de Clémentine, et avec colère.* Monsieur de Monlieu ici!..

CLÉMENTINE, *a levé la tête; elle regarde Monlieu avec étonnement, puis revenant subitement à la raison, elle pousse un cri.* Lui!.. c'est lui!.. ah!.. ah!.. quel voile tombe de mes yeux et de ma pensée !.. mes idées se réveillent... le passé et le présent se font comprendre... Les monstres !.. ils m'avaient rendue folle. (*Elle se jette au pied de Monlieu.*) Par pitié, secourez-moi, secourez-moi...

GAVARDIN. Que faites-vous, mademoiselle ?.. c'est maintenant que la raison semble vous abandonner.

CLÉMENTINE, *relevée par Monlieu.* Je me mets sous la protection de l'ami de ma mère !

MONLIEU. Et sa protection, ne vous manquera pas...

DARGÈLE. Clémentine, rentrez...

MONLIEU. Prenez du calme, et de la confiance... (*Clémentine hésite avec crainte.*) Ne craignez rien, je veille sur vous...

Il la conduit à la porte à droite, elle sort.

SCÈNE V.

DARGÈLE, MONLIEU, GAVARDIN.

GAVARDIN. En vérité, monsieur, je ne sais ce qui doit le plus surprendre de votre conduite ou de notre patience? Oubliez-vous que vous êtes chez moi? ignorez-vous que celle à qui vous promettez une offensante protection, a un père, et que moi-même, je vais être son époux?

MONLIEU, *froidement.* Non, monsieur, je ne l'ignorais pas, car c'est pour empêcher que Clémentine reçoive le titre de votre épouse, que je me présente ici sans être attendu...

GAVARDIN, *à Dargèle.* Vous l'entendez, mon ami, c'est à vous à répondre.

DARGÈLE, *doucement.* Permettez-moi, M. de Monlieu, de vous demander de quel droit vous vous érigez le juge de mes actions?

MONLIEU. Du droit qu'un homme d'honneur a toujours, de ramener par un conseil, celui que les passions ou l'aveuglement entraînent hors des voies de la droiture et de la probité.

DARGÈLE. Monsieur !..

MONLIEU, *s'animant.* Oui, malgré la sainteté de son nom, le mariage peut quelquefois être immoral, sacrilège, impie, et c'est une tache ineffaçable dans une famille, qu'une alliance indigne...

GAVARDIN. Prétendriez vous ?..

MONLIEU, *sévèrement.* Je n'ai rien de commun avec vous, monsieur, je ne vous connais pas, ou plutôt, je ne vous connais que trop...

GAVARDIN, *avec emportement.* Monsieur !..

MONLIEU, *plus sévèrement.* Plus bas, plus bas !.. Je dirai donc, M. Dargèle, que s'il y a au monde une union déplorable, honteuse, criminelle même, c'est celle d'une enfant innocente et pure avec un intrigant dépravé...

GAVARDIN, *de même.* Vous m'outragez !..

MONLIEU, *avec indignation.* Déjà veuf, s'il veut la main de Clémentine, c'est pour la flétrir comme ses deux précédentes victimes. Les faveurs futures, il espère les payer comme les faveurs passées, avec le déshonneur de sa compagne.

GAVARDIN, *violemment.* Eh ! quoi, vous osez !..

MONLIEU, *avec une indignation plus forte.* Et pourquoi donc tairais-je les horreurs qui vous ont fait riche et presque puissant ?.. nierez-vous encore que souvent l'honorable habit de médecin a caché, en vous, l'homme de police, le lâche délateur !.. Oui, je le déclare, mieux vaudrait pour Clémentine être la proie de l'eau ou des flammes que d'être la vôtre !.. (*Avec gravité.*) Et M. Dargèle ne sera pas complice de ce crime odieux, à moins d'être aussi odieux que vous-même.

GAVARDIN *et* **DARGÈLE,** *faisant un geste en étendant la main.* Monsieur !..

MONLIEU, *avec énergie.* Cachez vos mains, messieurs !.. (*A Gavardin.*) Sur la vôtre il y a encore la tache d'encre d'un faux !.. (*A Dargèle.*) Et sur celle-ci la tache de sang d'un crime !

GAVARDIN, *avec une assurance affectée.* M. de Monlieu, de pareilles accusations...

MONLIEU, *froidement.* Ne se soutiennent pas sans preuves... n'est-ce pas ?.. aussi en ai-je, messieurs... (*Il tire de sa poche le procès-verbal de Gavardin.*) Ecoutez-moi... L'an mil huit cent vingt-neuf, le 16 juillet, à six heures du soir... vous rappelez-vous cette époque ?..

DARGÈLE. Le jour de la mort de madame Dargèle !..

MONLIEU. Je reprends... L'an mil huit cent vingt-neuf, le 16 juillet, à six heures du soir, nous, sousigné, Joseph Gavardin, docteur en médecine, déclarons que madame Dargèle a succombé à une mort violente...

DARGÈLE *et* **GAVARDIN,** *voulant saisir le papier.* Ciel ! le procès-verbal !..

MONLIEU, *montrant une arme, et vivement.* Arrière, messieurs ! en venant chez des assassins, on prend des mesures pour sa défense. (*Dargèle et Gavardin redescendent la scène.—Ironiquement.*) Vous voyez, M. Gavardin, que je n'accuse pas à la légère...

(*Avec autorité.*) Maintenant, ce que j'exige, c'est la rupture du pacte dont la main de Clémentine était le prix.

DARGÈLE, *à part, en regardant Gavardin.* Que va-t-il répondre ?

GAVARDIN, *affectant de l'ironie.* Puisque c'est vous, monsieur, qui décidez en maître ici, je dois obéir. Je renonce à la main de mademoiselle Clémentine.

DARGÈLE, *à part.* Je lui échappe.

MONLIEU. A cette condition, l'oubli est acquis au passé.

Il remonte la scène en pliant le procès-verbal;
Dargèle la traverse et va à Gavardin. *

DARGÈLE, *bas à Gavardin.* Nous n'avions que ce moyen.

GAVARDIN, *bas à Dargèle.* Attendez... Clémentine n'est pas encore perdue pour moi... et lui-même va consentir à mon mariage.

DARGÈLE, *à part.* Que dit-il ?

MONLIEU. Maintenant, M. Dargèle, c'est à nous deux seuls à régler l'avenir de Clémentine.

GAVARDIN, *passant au milieu**.* Un moment, monsieur... Oui, je renonce à mes droits sur la fille de M. Dargèle; ce que j'ai promis, je le tiendrai; mais ce n'est pas sans condition que je me résigne au sacrifice. Il est un homme qui a abusé lâchement de la faiblesse et de l'inexpérience d'une jeune fille, pour maîtriser son esprit et égarer sa raison; la victime a obéi à la voix du séducteur, elle a accepté un asile honteux; et c'est de la demeure, de la couche même de cet homme, qu'un père est venu arracher sa fille flétrie... Eh bien! monsieur, le moment est venu, où il faut que le séducteur répare le mal qu'il a fait, rende l'honneur à la famille qu'il a déshonorée... il faut enfin qu'il donne son nom et sa main à sa victime. Comprenez-vous, M. de Monlieu ?..

MONLIEU, *vivement.* Qu'osez-vous dire, misérable !..

GAVARDIN, *froidement.* S'il y a des lois rigoureuses pour flétrir le fonctionnaire qui a pu céder à un mouvement de compassion, il y a aussi des peines et de la honte pour le lâche qui livre une jeune fille au malheur, et jette un enfant de seize ans, comme une proie à la corruption...

MONLIEU, *avec fureur.* Taisez-vous! taisez-vous!

GAVARDIN, *avec force.* Au nom d'un père outragé, de mon ami, qui m'investit de ses droits, je vous somme de prendre à l'instant même l'engagement formel et par écrit, de nommer Clémentine votre épouse.

* Monlieu, Dargèle, Gavardin.

** Monlieu, Gavardin, Dargèle.

MONLIEU, *à part*. Moi, son époux!..

DARGÈLE, *à part*. Je comprends à présent...

GAVARDIN. Ou bien, monsieur, dans des vues honteuses que je n'ose qualifier, cessez de vous opposer à ce qu'un homme généreux, l'ami sincère de la famille Dargèle, couvre de son nom la faute que vous rougissez de réparer; Clémentine doit avoir pour époux un de nous deux... vous ou moi, choisissez... avant une heure, votre réponse; car dès demain, nous serions hors de la France... Clémentine loin de votre protection intéressée, et moi à l'abri de vos menaces.

DARGÈLE, *à part, en regardant Gavardin*. Que fera-t-il?

GAVARDIN, Venez, Dargèle; laissons monsieur à ses réflexions.

> Gavardin fait remarquer à Dargèle le trouble de Monlieu, qui, accablé, s'est laissé tomber sur un fauteuil, puis tous deux sortent par le fond.

SCÈNE VI.

MONLIEU, *assis*; **CLÉMENTINE**, *sortant du cabinet à droite.*

CLÉMENTINE, *à part, au fond*. J'ai tout entendu.

MONLIEU, *sans être entendu de Clémentine*. Gavardin ou moi... affreuse alternative!.. position terrible à regarder... épouvantable à franchir...

> Il tombe dans ses réflexions.

SCÈNE VII.

MONLIEU, CLÉMENTINE.

CLÉMENTINE, *à part, au fond du théâtre*. Vous ou moi, a dit M. Gavardin .. si je pouvais espérer... Oh! non... non... tant de bonheur n'est pas réservé à Clémentine, c'est impossible.

MONLIEU, *l'apercevant*. C'est vous, Clémentine?

CLÉMENTINE, *timidement*. Vous avez l'air chagrin, M. de Monlieu, chagrin, sans doute, parce que je suis affligée... malheureuse... et que vous ne connaissez aucun moyen de m'arracher à mon sort... n'est-ce pas, vous n'en connaissez aucun?.. il n'y en a pas.

MONLIEU. Pauvre enfant!

CLÉMENTINE, *les yeux baissés*. Vous ne pouvez pas épouser Clémentine... vous, riche, haut-placé dans le monde; moi, je suis si peu...une pauvre fille que vous avez vue chez des campagnards... qui vous a inspiré de la pitié... rien que de la pitié.

Vierge et martyre.

(*S'animant.*) Si vous m'aviez connue plus long-temps, vous m'auriez peut-être aimée; car, moi, je sens là un bien grand bonheur, quand je suis près de vous, que je vous touche, que je vous regarde, que je vous écoute.

MONLIEU, *avec émotion.* Clémentine, le ciel m'est témoin, que pour vous, je donnerais ma fortune, ma vie... mais, hélas! j'ai à remplir des promesses d'union, à préparer le bonheur d'une autre, douce et bonne comme vous.

CLÉMENTINE, *s'approchant et s'animant de plus en plus.* Ah! vous voulez parler de votre mariage avec madame de Vareuil... oui... je sais... si vous n'accomplissiez pas ce projet, vous feriez de la peine à une femme... mais vous ne la livreriez pas à la honte, à une vie de basse servitude et d'ignominie; si elle était ici celle qui doit être votre compagne, je me jeterais à ses genoux, comme je suis aux vôtres.

Elle se jette à ses pieds.

MONLIEU, *ému de plus en plus.* Clémentine, mon enfant, de grâce...

CLÉMENTINE. Je lui demanderais de vous relever de vos promesses, de faire un sacrifice qui vous permettrait de me sauver... Oh! je l'attendrirais... (*Se relevant et avec exaltation.*) Et vous, M. de Monlieu, savez-vous bien que votre bonheur ne sera pas sans amertume... quand, vous promenant avec elle dans les lieux de fête, vous entendrez dire : voyez-vous cette femme, pour satisfaire un peu d'amour-propre et d'ambition, elle a laissé livrer une jeune fille à un monstre; voyez-vous ce cortège funèbre qui passe là-bas?.. c'est celui de la jeune fille qu'elle a laissé livrer à Gavardin... (*En pleurant.*) Oh! pitié!.. pitié!..

Elle se jette dans ses bras.

MONLIEU, *de même.* Ce n'est pas de vous seule, mon enfant, c'est de moi aussi, qu'il faut avoir pitié... si Clémentine ne devient pas ma compagne, c'est que d'autres obstacles s'opposent à ce vœu.

CLÉMENTINE, *sanglotant.* Oh! si j'avais encore maman, elle vous déciderait, et moi, je ne puis que prier...

MONLIEU, *au comble de l'émotion.* Quel nom prononcez-vous, quel souvenir venez-vous d'invoquer?.. plus un mot, Clémentine, je mourrais sous les émotions qui se combattent dans mon âme. (*Clémentine reste silencieuse à l'écart. A part.*) O ma Clémentine! aucun autre moyen n'est possible... Gavardin ou moi... (*Après une pause et avec résolution.*) Une pensée m'est inspirée... je l'adopte; c'est un acte de dévoûment paternel, pur comme celle qui me l'inspire; oui, je sauverai Clémentine, je la sauverai; deux sacrifices sont nécessaires... celui de mon amour pour madame de Vareuil, et un autre plus facile, celui

de ma vie... je les offre tous deux à ma fille ; je les accomplirai...
écrivons à M. Dargèle.

Il se met à la table à gauche et écrit.

CLÉMENTINE, *à part, avec intérêt.* Il écrit. (*Haut, en pleurant.*)
Hélas ! si vous ne me prenez pas en pitié, comme il n'y aura
plus personne au monde pour moi, ce serait justice à Dieu de
me redemander la vie...

MONLIEU, *lui donnant le papier qu'il vient d'écrire.* Lisez, Clémentine.

CLÉMENTINE, *après avoir lu.* Ah ! ah !

Elle tombe à ses pieds.

MONLIEU, *la relevant.* Sur mon cœur.

SCENE VIII.

GAVARDIN, *près de la porte,* **DARGÈLE, MONLIEU, CLÉ-
MENTINE.**

DARGÈLE, *voyant Clémentine dans les bras de Monlieu.* Que
vois-je ?..

MONLIEU, *lui donnant le papier que tient Clémentine.* Monsieur,
voici ma réponse.

DARGÈLE, *lisant.* « Alfred de Monlieu accepte la proposition
»qui lui a été faite, et donne à mademoiselle Clémentine Dar-
»gèle son nom et sa fortune en survivance. » En survivance ?

MONLIEU. Je tiens à ce mot, il s'expliquera plus tard... (*Allant à Clémentine, qui est restée à droite à l'avant-scène, et la pres-
sant sur son cœur.*) Clémentine !..

*Pendant ce mouvement, Dargèle a remonté la
scène, et a montré à Gavardin qui est resté
au fond, le papier que Monlieu vient de lui
remettre.*

FIN DU QUATRIÈME ACTE.

ACTE V.

L'entrée du parc de M. de Monlieu ; à droite, un pavillon éclairé par une fenêtre faisant face au public ; au fond, une grille ouverte qui traverse tout le théâtre, au loin une montagne.

SCÈNE PREMIÈRE.

DARGÈLE, *seul, il entre par la grille.*

C'en est fait !.. pourquoi donc n'ai-je pu rester plus long-tems ! mon cœur battait violemment, une sueur glacée, me saisissait au front... le remords ne serait-il pas un vain mot... Mais, tout-à-l'heure, j'ai aperçu Gavardin... il s'est introduit dans le parc... dans quel but vient-il ici ?... méditerait-il quelque projet de vengeance ? oh ! qu'il n'espère plus en ma complicité, mon courage est à bout... assez de crimes pour ma conscience.

SCÈNE II.

DARGÈLE, MARIANNE.

MARIANNE, *venant de la droite ; en dedans de la grille.* Vous ici, monsieur ? est-ce que l'on a déjà terminé ?..

DARGÈLE. Pas encore, mais j'avais besoin de respirer l'air.

MARIANNE. Enfin, voilà mademoiselle mariée, et avantageusement mariée... je ne la quitterai plus, cette chère enfant, elle m'a nommée la surveillante de sa maison, et j'ai déjà organisé une petite fête bien simple, dans l'allée des Tilleuls ; il n'y a d'invités que les paysans du canton et les blanchisseuses, anciennes compagnes des travaux de mademoiselle Clémentine. Madame de Monlieu a voulu les revoir, et leur faire partager son bonheur. *(Apercevant Gustave.)* Ah ! voici un monsieur.

SCÈNE III.

DARGÈLE, GUSTAVE, *entrant par la grille,* MARIANNE.

DARGÈLE. *à part.* C'est le frère de celle que Monlieu devait épouser... quel motif peut l'amener?

GUSTAVE, *à Marianne.* Dites-moi, ma bonne, pourrais-je parler à monsieur de Monlieu ?

MARIANNE. Pas dans ce moment.

GUSTAVE, *à part.* Il se marie. L'on ne m'avait pas trompé... Après les sermens qu'il avait faits à ma sœur !

MARIANNE. Si monsieur veut attendre ?

GUSTAVE. J'aime mieux revenir.

MARIANNE. En ce cas, ne manquez pas aujourd'hui, car monsieur de Monlieu a, dit-on, le projet de quitter Vaujours cette nuit même.

On entend les cris de : Vive la mariée !

GUSTAVE. Allons chercher mes témoins.

Il sort par le fond.

<h2 align="center">SCÈNE IV.</h2>

DE MONLIEU, CLÉMENTINE, DARGÈLE, MARIANNE.
Blanchisseuses, Paysans.

Les paysans et les invités entrent les premiers par la grille ; Monlieu paraît ensuite, donnant la main à Clémentine. Il la quitte et descend à l'avant-scène, à gauche, pendant que tous les autres personnages restent au fond.

TOUS, *au moment où parait la mariée.* Vive monsieur de Monlieu ! vive la mariée !..

CLÉMENTINE. Merci, mes bons amis, des vœux que vous faites pour notre bonheur, et vous, jeunes filles, dont j'ai partagé les travaux, et qui m'avez donné tant de témoignages d'intérêt, permettez à votre ancienne compagne de vous offrir un faible souvenir de son attachement. Marianne, donne-moi les bijoux que j'ai fait venir de Paris.

Marianne entre dans le pavillon, et sort avec
une boîte qu'elle remet à Clémentine ; celle-
ci distribue à chacune une croix d'or.

MONLIEU, *à part, à l'avant-scène à gauche.* Maintenant le rempart est élevé entre la jeune fille et l'homme du vice, Clémentine ne sera pas flétrie.

MARIANNE. Madame, tout est prêt pour la petite fête.

CLÉMENTINE. Mes amis, rendons-nous aux Tilleuls.

Tout le monde sort par la droite, Monlieu reste
plongé dans la réflexion, Clémentine s'ap-
proche de lui.

<h2 align="center">SCÈNE V.</h2>

<h3 align="center">MONLIEU, CLÉMENTINE.</h3>

CLÉMENTINE, *ingénûment.* Eh bien ! mon ami, vous ne

venez pas avec nous? chassez un peu vos pensées sérieuses...
Soyez comme moi. Je suis bien heureuse, me voilà maintenant
maîtresse de mon sort, je n'ai plus à craindre qu'au milieu d'un
doux rêve M. Gavardin vienne me dire : obéis, tu m'appartiens;
je suis à moi, ou plutôt à vous, à vous, qui m'aimez bien.

MONLIEU, *d'un ton pénétré.* Oui, Clémentine, et quelque
chose que le tems, ou les indiscrétions du monde vous révèlent,
ne doutez jamais que je vous aime autant qu'il m'est possible de
vous aimer.

CLÉMENTINE. Si Clémentine peut faire quelque chose pour
augmenter votre affection, elle s'efforcera de la mériter davantage...

MONLIEU. Reste toujours Clémentine, l'aimable enfant dont
le malheur n'a pu altérer les bonnes qualités.

CLÉMENTINE, *apercevant Gustave suivi de deux Officiers, au
haut de la montagne.*) Des officiers !..

DE MONLIEU. M. de Vareuil !..

CLÉMENTINE, *inquiète.* C'est le frère de la dame que j'ai vue
à Vaujours... (*A part.*) Cette arrivée m'a toute bouleversée ;
est-ce que je serais jalouse ?..

MONLIEU, *lui faisant signe de rentrer dans le pavillon.* Il vient
pour régler avec moi quelques affaires...

CLÉMENTINE. Il choisit bien mal son jour...

Elle entre dans le pavillon.

MONLIEU, *à part.* Sa personne me rappelle mes sermens tra-
his... j'en souffre, mais j'en dois compte à celui qui ne peut
comprendre la force des circonstances qui m'ont fait agir.

SCENE XV.

PREMIER OFFICIER, DE MONLIEU, GUSTAVE,
DEUXIÈME OFFICIER.

GUSTAVE, *s'adressant à Monlieu.* Je salue M. de Monlieu...
le but de ma visite n'a point besoin, je pense, d'explication.

MONLIEU. Non, monsieur, et je suis tout entier à votre
discrétion, je désire seulement que ce soit le plus tôt possible.

GUSTAVE. Et moi aussi, monsieur, à l'instant même, s'il
vous convient.

MONLIEU. J'accepte... au bout de mon parc... l'un de ces
messieurs voudra bien être mon témoin, et me prêter son
épée.

Il fait quelques pas pour sortir.

CLÉMENTINE, *sortant du pavillon et apercevant de Monlieu qui
s'éloigne.* Vous sortez, M. de Monlieu ?..

MONLIEU. Je m'éloigne un moment avec monsieur... va, mon enfant, va rejoindre les danseurs !..

CLÉMENTINE. Ne restez pas long-temps absent... et surtout ne parlez pas de madame de Vareuil... n'est-ce pas... vous me le promettez ?..

MONLIEU. Enfant !.. (*Il l'embrasse tendrement. — A Gustave.*) Monsieur, je suis à vous...

Ils sortent par la gauche.

SCENE VI.

CLÉMENTINE, *seule.*

C'est peut-être l'attente de cette visite qui le rendait rêveur ; une cruelle pensée m'attriste aussi, moi... si le souvenir de madame de Vareuil allait se réveiller, s'il l'aimait encore !.. s'il ne m'avait donné son nom que par un sentiment de généreuse pitié !.. Oh ! il souffre peut-être lui... son sacrifice lui pèse, tout à l'heure, je me rappelle, quand je m'enivrais de cet heureux changement que vient de subir ma destinée, je me suis écriée comme un enfant sans raison : Oh ! mon ami, que je vous aime ! encore, n'est-ce pas le mot... *vous*, que j'avais dans le cœur et sur les lèvres... Il a paru effrayé de mon transport... il m'a singulièrement regardée... C'est donc bien mal ce que j'ai dit là... On vient... c'est lui, sans doute... Que vois-je !.. Gavardin !.. il s'est introduit ici !..

SCÈNE VII.

CLÉMENTINE, GAVARDIN.

GAVARDIN, *entrant par la gauche.* Oui, madame, moi-même... je dirai ce que m'a dit M. de Monlieu, lorsqu'il s'est présenté au moment où j'allais vous conduire à l'autel... je vois que je n'étais pas attendu.

CLÉMENTINE. Monsieur !..

GAVARDIN. Je viens vous offrir mes félicitations sur votre beau mariage, et sur l'avenir de bonheur qu'il vous promet.

CLÉMENTINE. Ce ton d'amère ironie...

GAVARDIN. Est déplacé, n'est-ce pas ?.. car vous êtes la bienheureuse épouse de celui que vous aimez ; vous voilà libre de mes soins, soustraite à mes hommages. Qui pourrait maintenant ternir l'éclat d'une si brillante destinée ?.. rien, se dit avec orgueil votre cœur...eh bien, il vous abuse ; il y a un secret suspendu sur votre tête, qui va changer en vêtement de deuil votre robe de mariée, qui tout d'un coup transformera la joie d'un jour d'hymen, en un désespoir de toute votre vie.

CLÉMENTINE. Vous me faites frémir!..

GAVARDIN. Ah! vous avez pensé, pauvre enfant que vous êtes, que l'on se jouait impunément de mon amour ou de ma haine, qu'on pouvait sans crainte me jeter son mépris, et me sacrifier à des préférences!.. Non, madame, je saurai me venger... et ma vengeance est dans ces mots: Vous avez épousé votre père.

CLÉMENTINE, *épouvantée.* Que dites-vous?..

GAVARDIN. Oui, vous êtes la fille de cet Alfred de Monlieu, à qui votre mère sacrifia son devoir et sa vertu.

CLÉMENTINE, *avec force.* Oh! non!.. c'est impossible, je ne vous crois pas... vous mentez...

GAVARDIN. N'en avez-vous pas la preuve dans cette haine active et profonde, que l'époux de votre mère vous avait vouée dès votre naissance, et dont il n'a cessé de vous poursuivre...

CLÉMENTINE, *passant à droite devant lui.* Horreur! horreur!..

GAVARDIN. Il n'y aura pas que de la honte et de la souillure dans cet épouvantable hymen, il y aura du sang!.. peut-être même y en a-t-il déjà?.. La famille de Vareuil veut la vie de Monlieu en expiation d'un parjure, et c'est Gustave qui s'est chargé de la prendre...

CLÉMENTINE. Oh! mon Dieu! mon Dieu!..

GAVARDIN. Je viens de voir votre époux et son adversaire qui s'apprêtaient au combat...

CLÉMENTINE. Ah! je cours empêcher cette lutte affreuse.

GAVARDIN, *lui barrant le passage.* Demeurez... puisque vous avez voulu qu'il commît une trahison, laissez-lui, du moins, prouver qu'il a le courage de défendre son crime.

CLÉMENTINE. Ne me retenez pas, monsieur, ne me retenez pas!..

GAVARDIN, *saisissant de la main gauche le bras droit de Clémentine.* Vous resterez... je veux que vous restiez... Tenez, entendez-vous?.. le vent apporte jusqu'ici le bruit de leurs épées...

CLÉMENTINE. Pitié!.. pitié!.. laissez-moi, laissez-moi...

GAVARDIN, *lui faisant remonter la scène.* De ce jardin l'on peut apercevoir les combattans... (*La forçant à regarder à gauche.*) Regardez... Gustave attaque son adversaire avec furie... votre père se défend... il recule...

CLÉMENTINE, *se débattant.* Grâce! grâce! ah! si vous n'êtes pas un tigre, vous ne pouvez me faire assister plus long-temps à cet horrible spectacle.

GAVARDIN. Vous le verrez jusqu'à la fin... l'épée de Gustave devient de plus en plus menaçante... votre père est épuisé... il chancelle...

CLÉMENTINE. Je me meurs...

Elle détourne les yeux.

GAVARDIN. Le fer de Gustave va lui percer la poitrine.

CLÉMENTINE, *poussant un cri déchirant.* Ciel!

GAVARDIN, *lâchant le bras de Clémentine, et descendant la scène.* Malédiction! il pare le coup, et leurs deux épées se brisent en même temps.

CLÉMENTINE, *poussant un cri de joie, et se jetant à genoux.* Ah! ah! mon Dieu! mon Dieu! je vous remercie.

SCENE IX.

GAVARDIN, GUSTAVE, MONLIEU, CLÉMENTINE,
Les Deux Officiers.

Ils entrent par la gauche et restent au fond.

MONLIEU, *bas et vivement à Gustave.* Monsieur, dans une demi-heure je serai de nouveau à vos ordres; je vous attendrai dans ce pavillon.

GUSTAVE. Je viendrai vous y prendre.

Il sort par la grille avec les deux officiers.

SCENE X.

Les Mêmes, *excepté* GUSTAVE *et* Les Deux Officiers.

CLÉMENTINE, *volant dans les bras de Monlieu.* Ah! je vous revois enfin, mon père.

MONLIEU, *étonné.* Qu'entends-je?

CLÉMENTINE, *timidement.* Je sais tout, le secret de ma naissance, la faute de ma mère... cet homme m'a tout révélé.

MONLIEU, *se retournant et apercevant Gavardin.*—*Avec violence.* Gavardin!.. cet infâme, chez moi!

GAVARDIN, *froidement.* Oui, M. de Monlieu, c'est moi-même. Je suis venu vous rendre la visite que vous m'avez faite à ma maison des Ardennes.

MONLIEU. Ce misérable était initié à un mystère que, seul, je croyais connaître.

GAVARDIN. Et cela excite votre fureur... je le comprends... vous vouliez exploiter honteusement cette circonstance secrète, et abusant de l'ignorance des autres hommes...

MONLIEU. Taisez-vous, scélérat! votre supposition est une monstrueuse pensée qui ne peut venir que de la corruption profonde de votre âme; mon action avait une portée que vous ne pouvez saisir, Dieu seul sait comment je veux et je dois ter-

Vierge et martyre.

miner ma tâche. Non, il n'y a pas infamie et honte pour moi, à donner mon nom et ma fortune à Clémentine... où il y a infamie et honte, c'est dans la révélation d'une faute, faite par vous à un enfant qui entourait la tombe de sa mère d'un tendre et pieux souvenir.

GAVARDIN. Vous connaissiez un de mes secrets, et j'ai voulu que nous fussions dans une mutuelle dépendance l'un de l'autre.

MONLIEU. Vous avez échoué dans vos calculs. Un temps viendra, qui n'est peut-être pas loin, où je pourrai faire l'opinion publique juge de ma conduite; mais vous, oserez-vous jamais regarder une tombe sans qu'elle vous rappelle votre complicité à un assassinat. Maintenant que j'ai consenti à descendre devant vous, jusqu'à excuser la pensée qui m'a fait agir... sortez à l'instant de chez moi.

GAVARDIN. Monsieur!

MONLIEU. Sortez, infâme! ou je ne réponds pas de la violence que justifierait mon mépris.

GAVARDIN. Je me retire... (*Après avoir remonté la scène, et à part.*) mais je reviendrai, et malheur à toi !..

MONLIEU, *a gagné la gauche avec Clémentine, qui cherche à le calmer.—Se tournant, et apercevant encore Gavardin.* Sortez !..

GAVARDIN, *à la grille, et à part.* Tâchons de voir Dargèle, il faut qu'il me seconde.

Il sort par le fond. Monlieu a remonté la
scène en faisant un geste menaçant à Ga-
vardin, et est redescendu à droite.

SCENE XI.

CLÉMENTINE, MONLIEU.

MONLIEU. Mon secret connu de Gavardin! du plus méchant et du plus lâche des hommes.

CLÉMENTINE, *lui prenant la main.* Vous souffrez... et c'est pour moi... ah! mon Dieu!.. Ma destinée, à moi, c'est de flétrir une existence que je voudrais pouvoir embellir aux dépens de ma vie... et ce duel... il n'est pas terminé... il va peut-être recommencer.

MONLIEU. Calme-toi, ma Clémentine!.. ma fille!.. essuie tes larmes... que craindrais-je de la chance des combats?..malheureuse, ne serait-elle pas un remède à bien des maux?..

CLÉMENTINE. Que dites-vous?.. ah! mon père!.. pas de ces sombres pensées, vivez pour Clémentine, pour votre fille.

MONLIEU. Ecoute-moi, Clémentine, écoute-moi avec le courage qu'il faut montrer dans ces circonstances difficiles. Il est vrai que la famille de Vareuil, ignorant le motif de ma rupture avec Eugénie, a remis le soin de venger son honneur à M. Gustave ; ce matin le combat a été suspendu, mais il faut qu'il recommence.

CLÉMENTINE. Ah ! mon Dieu ! ah ! mon Dieu !..

MONLIEU. Il le faut, Clémentine... et te faire cet aveu, c'est te juger digne d'entrer dans ma confiance la plus intime ! Si les chances du combat venaient à me trahir, il faut penser à toi, Clémentine, il faut te soustraire à la haine. Je te remettrai une lettre pour madame de Vareuil ; tu iras la trouver en compagnie de Marianne ; tu lui diras pourquoi je fus parjure... Cette famille est puissante : réfugiée chez elle, tu ne seras plus mademoiselle Dargèle, mais la jeune fille, veuve de M. de Monlieu ; ils guideront tes pas dans la vie, et s'il se trouve sur la route un homme de probité qui comprenne ton cœur... Eh bien ! tu pleures, Clémentine !.. de la force... mon amie... ma fille, il nous en faut à tous deux.

CLÉMENTINE, *sanglotant.* Mon père !.. mon père !.. ce fatal duel ne peut-il donc céder à des explications ?

MONLIEU. Non, Clémentine ; tant que Gavardin n'aura pas divulgué la faute de ta mère, ce n'est pas à nous à la présenter comme excuse de notre conduite... Je rentre dans le pavillon pour attendre Gustave... (*A part.*) et faire mes dernières dispositions... c'est le seul parti qui me reste... la révélation de Gavardin a avancé le temps que j'avais fixé pour le sacrifice... il faut que je meure.

CLÉMENTINE. Ah ! ne profitez pas de mon absence pour aller vous battre...

MONLIEU. Enfant ! ne faut-il pas que je t'embrasse en partant, ça me donnera du courage... (*A part.*) Et ce sera mon adieu... mon dernier adieu !..

Il entre dans le pavillon.

SCENE XII.
CLÉMENTINE, *seule.*

Toutes mes idées se bouleversent... je ne puis croire ce que je vois, ce que j'entends... M. de Monlieu, mon père !.. il m'a sauvé de Gavardin... et pour moi, il se dévoue à la souffrance, aux reproches de parjure, aux tourmens d'un amour qu'il cherche à cacher ; il aime la sœur de M. Gustave, il l'a dit... je le vois... c'est à moi, à moi, sa fille, qu'il a sacrifié son amour, et pour moi encore, il va jouer sa vie... la jouer !.. mais non, il va la donner... la donner, j'en suis sûre. Ces minutieuses dispositions qu'il prend pour moi, le sourire froid qu'il laisse percer, comme si le duel était pour lui une espérance de repos, et pour moi un pronostic de liberté... oh ! je suis sûre qu'il a d'affreuses idées... (*Après une pause.*) Elles ne s'accompliront pas... Oh ! ma mère ! tu m'inspires une pensée... je la suivrai... mon cœur serait-il donc le seul qui ne sût pas faire un acte de courage !.. (*Elle aperçoit Gustave.*) Ah ! l'officier du duel.

SCÈNE XIII.

GUSTAVE, *entrant par la grille*, **CLÉMENTINE.**

CLÉMENTINE, *allant à lui.* Monsieur, je sais ce que vous venez faire ici, je sais que c'est du sang que vous venez offrir ou prendre...

GUSTAVE. Madame...

CLÉMENTINE. Ne le niez pas, monsieur, je le sais... M. de Monlieu m'en a fait la confidence...

L'OFFICIER Vous a-t-il dit aussi que cette réparation était indispensable ?..

CLÉMENTINE. Oui... aussi n'est-ce pas pour empêcher le combat, mais seulement pour l'ajourner que je supplie. N'est-il pas vrai, monsieur, que l'injure, puisqu'il y a, dit-on, injure, serait lavée aussi bien demain qu'aujourd'hui... je ne demande que jusqu'à demain.

L'OFFICIER. M. de Monlieu doit partir ce soir, m'a-t-on dit, voudrait-il éviter ?..

CLÉMENTINE. Ah ! monsieur, n'insultez pas le plus courageux des hommes... c'est moi seule qui demande ce délai... et peut-être pour vous épargner un crime...

GUSTAVE. Un crime !

CLÉMENTINE. Vous ne savez pas que M. de Monlieu ne veut, ne désire que la mort... qu'il regardera votre épée avec joie, et se précipitera peut-être dessus pour lui demander la fin de sa vie... Oh ! la chance n'est pas égale entre celui qui attaque et celui qui ne se défend pas... n'est-ce pas, monsieur, que ce serait là un bien infâme duel... et que vous auriez honte de votre victoire.

GUSTAVE, *à part.* Dirait-elle vrai ?.. quel motif pouvait faire agir M. de Monlieu. ?

CLÉMENTINE. Et puis, si ce délai que je demande était utile pour éclaircir des doutes, pour détourner un soupçon de perfidie ?

GUSTAVE, *à part.* Il y a un mystère impénétrable dans cette union si subite...

CLÉMENTINE. Si le temps que je demande suffisait pour rendre possible l'accomplissement d'une promesse, que votre famille regarde comme sacrée ; si, au lieu de percer un cœur toujours fidèle à son affection, on le sentait battre encore près d'une femme qui est injuste en se croyant oubliée ; car ce sera, monsieur... ce sera... c'est Clémentine qui vous le jure.

GUSTAVE. Je ne puis vous comprendre...

CLÉMENTINE. Oh ! ne me pressez pas... si je parlais, je serais infâme... il me faudrait violer le secret d'une tombe sur laquelle je ne dois que pleurer... A demain le combat, n'est-ce pas ? à demain, je vous en prie...

GUSTAVE. Je n'insisterai pas davantage... j'écrirai à M. de Monlieu, que j'ai accordé ce délai à vos instances... et je me retire.

CLÉMENTINE. Ah ! merci, merci, monsieur.

Gustave s'éloigne par le fond.

SCENE XIV.

CLÉMENTINE, *seule, elle va s'asseoir sur un banc à gauche.*

Demain, il n'y aura plus de motifs de haine, ni de combat ; quand M. Gustave dira à M. de Monlieu : vous aviez promis à ma sœur votre amour, vous êtes marié ; vous avez épousé Clémentine Dargèle, une lettre signée de moi arrivera avec cette réponse : Non, M. de Monlieu n'a pas menti à son affection, les liens que son héroïsme avait formés sont rompus, Clémentine est morte... morte pour rendre à son père un bonheur qu'il lui avait généreusement sacrifié... Demain... demain, avant l'heure du duel... (*Elle écrit sur son album.*) tout cela sera vrai.

Un domestique dans le pavillon, pose une bougie sur la table devant la fenêtre, et disparaît.

SCÈNE XV.

CLÉMENTINE, MONLIEU, *dans le pavillon.*

MONLIEU, *à la table, devant la fenêtre du pavillon, il s'assied et cachète sa lettre.* Mes dispositions sont prises... j'avais besoin de causer avec madame de Vareuil... de me disculper auprès d'elle, de lui demander son appui pour Clémentine, quand je ne serai plus... Vienne maintenant M. Gustave, c'est à son épée que je donne ma vie ! ma vie, qui a eu si peu de beaux jours.

La nuit est venue.

CLÉMENTINE, *se levant après avoir fermé ses tablettes.* Tout est disposé pour le sacrifice... et je sens comme une joie de quitter ce monde où j'ai tant pleuré... où je pleurerais tant encore... O mon Dieu ! c'est un crime de quitter la vie ; mais pardonne-moi de la sacrifier, quand je ne puis la conserver sans honte...

cette maison est située sur les bords de la rivière... du courage,
partons.. (*Se mettant à genoux.*) Dans quelques instans ma mère,
je serai près de toi... il est là, lui... (*Se levant et avec force.*) Et
le fleuve, là... adieu... adieu... adieu !..

> Elle remonte le théâtre et aperçoit Dargèle à
> droite, et ensuite, au fond à gauche, elle voit
> Gavardin qui s'avance vers la grille.

SCENE XVI.

CLÉMENTINE, GAVARDIN, *paraissant*, DARGÈLE.

CLÉMENTINE. Que vois-je ?.. M. Dargèle ! et de ce côté, M.
Gavardin ! à cette heure, que peuvent-ils avoir à faire ensemble... *

> Elle descend près la porte du pavillon et écoute.

DARGÈLE, *entrant par la droite en dedans de la grille.* Gavardin m'a fait dire qu'il avait quelques communications à me
faire... à dix heures, il doit-être à la grille.

GAVARDIN, *paraissant à la grille en dehors par la gauche.* C'est
vous, Dargèle ?..

DARGÈLE. Oui...

> Il va à la grille.

GAVARDIN, *entrant et restant au fond avec Dargèle, à mi-voix.*
Dargèle, ce n'est ici ni le lieu, ni le moment où je puis vous
reprocher votre trahison ou votre faiblesse... je songe, avant
tout, à changer la face des choses...

CLÉMENTINE, *à part.* Que veut-il dire ?

GAVARDIN. J'ai besoin de votre aide... écartons-nous un peu
de cette habitation, où les regards pourraient nous surprendre ;
je vous dirai ce que je veux.

> Ils s'éloignent dans le parc à gauche.

CLÉMENTINE, *les suivant à pas de loup.* Quelque nouveau
crime, peut-être... si je pouvais détourner un malheur en apprenant leur secret... différons de quelques momens mon sacrifice... suivons-les... et écoutons.

> Elle disparaît en les suivant.

SCÈNE XVII.

MONLIEU, *dans le pavillon.*

La nuit est venue, et Gustave n'a pas paru... je ne puis comprendre ce retard. Sans doute demain, dès la pointe du jour, le

---

* Gavardin, Dargèle, Clémentine.

combat recommencera ; ce délai me laisse le tems de m'entendre avec Marianne, c'est elle seule que je puis charger de
l'exécution de mes dernières volontés, à l'égard de Clémentine.

Il sort du pavillon.

SCENE XVIII.

CLÉMENTINE, MONLIEU, ensuite MARIANNE.

CLÉMENTINE, *accourant.* Mon père ! mon père !

MONLIEU. Dans quelle agitation ! que t'est-il donc arrivé ?

CLÉMENTINE. Mon père ! on en veut à vos jours ; cette nuit
même, quand vous serez retiré dans ce pavillon et que la lumière
éteinte aura facilité le crime, la main d'un assassin doit vous
frapper... et cet assassin, c'est Gavardin.

MONLIEU. Gavardin ?..

CLÉMENTINE Je tiens son secret... il vient de le dire... là...

MONLIEU. L'infâme !

CLÉMENTINE. Il cherchait un complice, il avait compté sur M.
Dargèle, mais celui-ci a repoussé la proposition qui devait le
charger d'un nouveau crime.... Il a *dit* qu'il s'éloignerait à
l'instant-même, qu'il irait à l'étranger ; mais qu'il ne voulait
point s'associer à ce forfait....

MONLIEU. C'est trop d'audace et d'infamie... il faut enfin que
la justice ait sa vengeance, il faut saisir ce misérable au moment
même de l'exécution ; je me charge d'avertir l'autorité municipale... (*Marianne paraît venant de la droite.*) Voici Marianne qui
vient te chercher, Clémentine, car il est convenu que tu passerais
la nuit dans la petite maison, au bout du parc, que je lui ai donnée comme récompense de son dévoûment ; moi, pour laisser
croire à l'assassin que je suis rentré, je monte au pavillon...
j'en sortirai par la porte secrète qui donne sur le bois, et quand
je reviendrai, je serai en mesure.

CLÉMENTINE. Pas d'imprudence, mon père !

MONLIEU. Bonsoir, Clémentine ; retire-toi avec Marianne.

CLÉMENTINE. Oui ; je vais me retirer. (*A part.*) Mais je reviendrai.

MONLIEU. A demain...

CLÉMENTINE, *soupirant.* A demain... (*A part.*) Pas de demain
pour moi !.. adieu, adieu, mon père !

*Elle embrasse Monlieu et sort par le fond avec
Marianne. Monlieu entre dans le pavillon qui
est éclairé par une bougie.*

MONLIEU, *dans le pavillon.* Cette bougie restera allumée... je ne l'éteindrai qu'à mon retour et quand nous serons prêts à saisir l'assassin... allons, prévenir l'autorité...

Il disparaît par le pavillon et laisse la bougie allumée.

SCÈNE XIX.

GAVARDIN, *seul, paraissant dans le jardin.* Il est rentré dans le pavillon. Clémentine vient de s'éloigner. Il est seul, attendons que sa lumière soit éteinte ; je connais la disposition de l'appartement ; la chambre à coucher donne dans le pavillon ; le lit est à droite ; dans une heure je serai vengé, et avant la fin de la nuit, je me serai emparé de Clémentine ; alors ma chaise roulera vers Calais et le paquebot m'emportera bientôt vers l'Angleterre. Mes dispositions sont bien prises, attendons le moment favorable.

Il s'assied sur le banc à gauche ; pendant ce monologue on a vu Clémentine entrer par le fond et disparaître vivement par la droite.

SCÈNE XX.

GAVARDIN, CLÉMENTINE.

CLÉMENTINE, *paraît à la fenêtre du pavillon.* Mon père est parti, je l'ai vu s'éloigner, et moi je suis venue ici en échappant à Marianne ; la distance où M. de Monlieu va chercher du renfort me donne le tems d'accomplir mon projet. Oh ! sans la rencontre de Gavardin, les flots auraient déjà reçu le corps de Clémentine ! Une pensée m'a été inspirée par le complot que j'ai entendu... le fleuve aurait peut-être refusé ma vie... ici la mort que je veux est plus certaine, Gavardin est habile au meurtre ; il cherche le cœur de mon père, qu'il rencontre le mien, il saura bien faire d'une femme un cadavre ; il est là... il guette sa proie... il veut la saisir au moment où la lumière s'éteindra... (*Elle s'approche de la lumière.*) Mon père, c'est pour toi que je donne ma vie... accepte-la... sois heureux... en vivant l'un et l'autre... nous aurions toujours souffert...

Elle l'éteint et disparaît.

GAVARDIN, *se levant.* Plus de lumière ! le moment est venu ; eh quoi ! je tremble, j'hésite... mon courage m'abandonnerait quand le triomphe est si facile !.. Il me faut du sang. (*Il fait un pas vers le pavillon.*) Une force irrésistible me pousse... entrons. (*Il entre dans le pavillon ; bientôt on entend un cri ; Gavardin sort le poignard à la main.*) À présent, que Clémentine soit à moi... On vient... fuyons...

Il va pour sortir par la grille, on lui barre le passage. Monlieu, suivi de gens armés et de l'officier municipal arrive, le désarment et le tiennent au collet.

SCENE XX.

GAVARDIN, MONLIEU, *ensuite* **CLÉMENTINE et MARIANNE.**

MONLIEU. Arrête, scélérat! (*Il le désarme.*) Ciel! ce poignard est teint de sang!

GAVARDIN. Monlieu ici!.. qui donc ai-je frappé?

CLÉMENTINE, *ouvrant la porte du pavillon.* Moi!..

Elle tombe dans les bras de son père.

MONLIEU. Clémentine!..

MARIANNE, *descend du pavillon et tient des tablettes ouvertes.* Près du lit se trouvaient ces tablettes ouvertes.

Elle les donne à Monlieu et soutient Clémentine.

MONLIEU, *lisant.* Morte pour moi! elle m'a devancé dans le sacrifice!... vengeance sur toi, monstre!

MARIANNE. Et prière sur la Vierge Martyre.

Tableau.

FIN

Imprimerie de J.-R. Mevart, passage du Caire, 54. — Nonis et Miniar.

347

9 782013 604420